열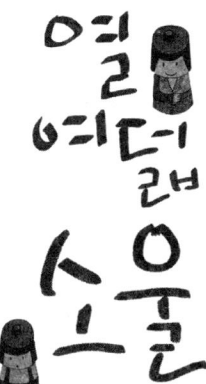
여덟
스울

차례

나, 왕년에 한가락 하던 사람이야! / 6

세 시 방향으로 눈을 돌려 봐, 넌 딱 찍힌 거야 / 16

어느 날, 시가 나에게로 왔다 / 24

그건 그냥 가짜 상처일 뿐이야 / 34

못 다 핀 꽃 한 송이 피우리라 / 40

누구에게나 십팔번은 있다 / 45

미, 미, 미 자로 끝나는 말은? / 55

잘했군 잘했어 / 57

참가 신청하러 가는 날 / 63

비밀 하나, 조미미는 미친 가창력의 소유자다 / 69

나한테는 밥이 엄마다 / 76

보고 있어도 보고 싶다 / 86

비밀 둘, 조미미는 공호네 위층에 산다 / 90

부끄부끄부끄부끄 부끄러워요 / 94

나는 한 여자를 사랑했네 / 101

살아 있는 모든 인간은 우성이다 / 103

비밀 셋, 조미미는 밤늦게까지 뭔가를 한다 / 115

사람이 사람을 사랑하는 일 / 119

희망을 버리고 행복해지는 쪽, 희망을 가지고 불행해지는 쪽 / 126

왜 하필 나야? / 135

왜 하필 너냐고? / 144

왕따가 되는 법 / 155

세상에서 제일 예쁜 꽃 / 167

스며들다 / 171

넌 사랑을 믿냐? / 178

〈전국노래자랑〉 예심 / 181

시를 모르는 게 부끄러운 건 아니다 / 191

이건 동정이 아냐 / 199

당신들의 웃음소리 / 209

작가의 말 / 216

추천의 말 한마디로 소울疏鬱 / 219

나, 왕년에 한가락 하던 사람이야!

딩동댕동.

일요일 점심 열두 시 십 분. 실로폰 소리가 울린다. 그리고 송해 아저씨의 "전국~!"에 뒤이어 들려오는 전 국민의 함성 "노래자랑~!"과 함께 시작되는 시그널 뮤직, 딴따따따딴따라, 딴따라라라딴따.

벌써 십삼 년째 매주 일요일마다 듣는 이 소리는 일요일에 늘어지게 자는 나를 깨우는 알람이다. 이제는 송해 아저씨가 씩씩한 목소리로 "전국!" 하고 외치면 자다가도 벌떡 일어나 "노래자랑!" 하고 외치게 된다.

눈을 비비며 마루로 나갔을 때 할머니는 이미 생밤과 칼을 놓고 단정히 앉아 계셨다. 일요일 오전, 남들은 성당이나 교회에 간다지만 할머니는 세상 무슨 일이 있어도 텔레비전 앞을 지키신다. 텔레비전 앞은 할머니에게 경건한 예배당이고 성당이고 절이다.

"안녕하십니까? 전국에 계신 시청자 여러분, 해외 동포 여러분, 국군 장병 여러분, 군산 시민 여러분. 송해, 인사 올립니다."

땅딸막한 키에 얼굴이 새카만 송해 아저씨가 하얀 셔츠와 하얀 바지에 하얀 구두를 신고 나와서 인사했다. 할머니도 공손하게 따라서 인사할 태세다.

초록색 종이 모자를 눌러쓰고 운동장에 모인 사람들이 신 나게 박수를 쳤다. '우리 동네 가수 이미자', '군산이 낳은 명가수 김갑수'라고 쓴 플래카드를 높이 쳐든 사람들도 있었다.

〈전국노래자랑〉에는 별의별 사람들이 다 나온다. 어설픈 춤을 진지하게 추는 사람, 고장의 명예를 드높이기 위해 목청 높여 노래하는 사람, 지역 특산물을 챙겨 나오는 사람, 웃기려고 작정을 하고 나왔는지 "땡!" 소리가 난 뒤에도 "땡 쳐도 나는 좋아. 나는 좋아."라고 부르짖으며 한참을 웃기다 내려가는 사람 등 온 국민의 재롱잔치를 보는 것 같다.

송해 아저씨가 가장 좋아하는 말은 '오빠'다. 세 살짜리 여자아이가 "오빠"라고 부르자 송해 아저씨는 진짜 여덟 살짜리 오빠가 된 것처럼 해맑게 웃었다.

우리 할머니도 송해 아저씨를 '오빠'라고 부른다.

"어떻게 저 오빠는 삼십 년이 지나도 고대로냐?"

할머니의 말에 '할머니한테는 오빠고 나한테는 아저씨인데 그럼 송해 아저씨 정체는 도대체 뭐야?'라고 따지고 싶어졌다. 하지만 할머니의 말이 맞다. 내가 봐도 그렇다. 송해 아저씨는 매일 아침마다 방부제를 한 숟가락씩 드시는지 일주일에 한 번씩 볼 때마다 일주일만큼씩 늙어야 하는데도 내 눈에는 십여 년째 매주 그대로다. 처음 봤을 때의 할머니가 지금의 할머니 그대로인 것처럼. 어쩌면 노인들은 어느 정도 나이를 먹으면 더 이상 늙지 않고 그대로 있는 모양이다. 아니면 어린애가 되거나.

지금까지 출연했던 사람 중 최고령자는 103세의 할머니다. 이가 다 빠지고 걸음도 제대로 못 걷던 그 할머니는 "연세가 어떻게 되세요?" 하고 묻는 송해 아저씨에게 해맑게 웃으며 말한다.

"오빠 나, 세 살. 헤헤."

할머니는 텔레비전을 보면서 생밤을 깠다. 칼을 다룬 지 어언 육십 년이 된 할머니가 칼로 밤을 까는 솜씨는 〈생활의 달인〉에 나가면 짱 먹을 만큼 능수능란하다. 눈은 텔레비전에 고정하고 손가락은 딱딱한 밤 껍데기를 벗겨 낸다. 밤을 까는 할머니의 손놀림은 어떤 출연자가 나와서 어떤 돌발 행동을 해도 개그로 치고 넘어가는 송해 아저씨처럼 굉장히 전문적이다. 겉껍데기를 벗겨 내고 속껍질도 벗겨 낸 밤은 노란 속살을 드러낸다. 갈색 속껍질이 조금도 붙어 있지 않은 날밤은 기계로 깎은 것보다 더 매끈하다.

"자, 아~ 해."

할머니는 다 깐 밤을 내 입에 넣어 주신다. 나는 밤을 오도독오도독 깨물어 먹었다. 할머니는 송해 아저씨의 구수한 말소리 다음으로 내가 밤을 깨무는 소리가 좋다고 했다. "내가 왜 두 번째야." 하고 불만을 터트리면 할머니가 '너'가 아니라 '너 밤 깨물어 먹는 소리'라고 하셔서 모른 척 덮고 넘어갔지만…….

텔레비전에서는 반짝이 의상을 입은 젊은 남자가 나와서 송해 아저씨와 구수한 사투리로 이야기를 나누고 있었다. 이어 젊은 남자는 반짝이는 문어처럼 건들거리며 나훈아의 '무시로'를 불렀다. 송해 아저씨도 옆에서 펑퍼짐한 엉덩이를 뒤로 쑥 빼고 춤을 췄다.

"저 사람 말도 차지게 잘하고 춤도 재미지게 잘 추네."

밤 껍데기가 수북하게 쌓이고 내 배 속도 날밤으로 가득 찰 때쯤 본선을 통과한 출연자들의 순서가 끝났다. 〈전국노래자랑〉을 통해 가수로 데뷔했다는 초대 가수의 축하 공연이 끝나고 이제 시상식만이 남았다.

"넌 누가 최우수상 탈 것 같냐?"

이 시간이 되면 늘 할머니와 나는 수상자를 점친다.

"할머니는?"

"보나마나 '신사동 그 사람' 부른 그 새댁이 최우수상이다."

할머니가 말한 그 새댁은 오십 대쯤으로 보이는 아줌마다. 현댁된 지가 몇 십 년은 됐을 것 같은데 할머니는 할머니보다 어리면 다 새댁이라고 한다. 그 아줌마는 동네 주민센터 노래교실을 오래 다녔는지 성량이 풍부하고 기교가 뛰어났다.

"난 태진아 닮은 아저씨."

"그치는 새댁보단 못하지."

"할머니, 그 아줌만 개성이 없어. 노래엔 개성이 있어야지."
할머니가 입을 삐쭉거렸다.
"노래만 잘하면 되지. 뭔 얼어 죽을 개성."
"암튼 난 태진아에 한 표."
"난 '신사동 그 사람' 부른 새댁."

할머니한테는 개성이라고 말했지만, 내가 생각하는 개성은 바로 '소울'이다. 노래 잘하는 사람은 전국 방방곡곡에 널렸다. 당장 집 앞 노래방에만 가 봐도 '나도 가수다'라고 부르짖는 사람들이 얼마나 많은데. 하지만 노래 잘한다고 해서 모두 가수가 되는 건 아니라고 생각한다. 가수가 되려면 그만의 독특한 특징, 듣는 사람의 마음을 울리는 감성, 영혼을 달래는 소울이 있어야 한다. 박자나 리듬은 조금 틀려도 괜찮다. 노래에 맞는 감정과 분위기를 표출하며 기분에 따라서 자신만의 색깔로 불러야 한다. 그게 진짜 가수다.

할머니와 내가 티격태격하고 있는 사이 수상자가 발표됐다. 할머니가 찍은 그 새댁은 장려상을, 내가 찍은 태진아는 우수상을 받았다. 최우수상은 반짝이 의상을 입고 춤을 춘 젊은 남자가 받았다. 그가 앙코르 곡을 부르고 있는데 할머니가 두 눈을 동그랗게 뜨고 말했다.

"저기 지금 뭐라고 써 있나?"

로또라도 맞은 것 같은 할머니 목소리에 놀라서 텔레비전을 쳐다봤다.

〈서울 관악구 편〉
예심: 2012. 6. 14(목) / 장소: 구민회관 대강당
녹화: 2012. 6. 16(토) / 장소: 구청 주차장

관악구라면 우리가 사는 동네다.
할머니가 뜬금없이 말했다.
"나, 저기 나갈란다."
'나가고 싶다' '나가면 안 될까?' '나가면 어떨까?' '나가도 될까?' 도 아니고 '나갈란다'라니. 나는 내 귀를 의심했다. 지난 십여 년 동안 〈전국노래자랑〉을 보면서도 저 무대가 우리 같은 사람이 설 수 있는 무대라고 생각해 본 적은 단 한 번도, 절대로 없다. 옆집 할머니, 뒷집 아저씨, 앞집 누나, 앞집 누나의 옆집 아줌마가 다 나와도 우리 식구는 나갈 수 없는 곳이라고 생각했는데…….
"쪽팔리게 저런 데 왜 나가?"
나도 모르게 불쑥 그렇게 말하고 말았다. 불퉁거려 놓고 보니 〈전국노래자랑〉에 나왔던 사람들이 일제히 내 앞에서 "그럼 내 쪽은 팔리는 게 아니라서 여기 나온 거냐?" 하고 항의라도 할 것 같아 괜히 찔끔했다.
할머니 얼굴이 금세 시무룩해졌다. 할머니는 걸레로 바닥을 훔치면서 내 엉덩이를 툭 건드렸다.
"비켜."
할머니 손에 감정이 실렸다. 이럴 때는 소리 없이 자리를 뜨는 게

상책이다. 엉덩이를 든 김에 일어나 내 방으로 들어가려는데 할머니가 말씀하셨다.

"이것은 운명이다. 내 생전에 〈전국노래자랑〉이 우리 동네에 또 오겠냐?"

이것은 운명이다? 어디서 많이 듣던 말이다. 그러고 보니 우리 동네에서 〈전국노래자랑〉이 열렸던 기억이 없다. 운명이라면 운명인데 그게 왜 하필 할머니한테 운명일까?

나는 아무런 대꾸도 하지 않고 내 방 문을 열었다. 그때 등 뒤에서 할머니가 심하게 엄살을 부리는 소리가 들려왔다.

"아고고고, 허리야. 나도 인제 죽을 때가 됐는가? 안 쑤시는 데가 없네. 아이고고, 무릎이야. 손자라고 하나 있으면 뭐하나. 아이고오, 내 팔자야."

아, 또 고단수 할머니가 내 잠자는 '감정'을 건드리신다.

나는 할머니 앞에 앉아 할머니를 설득하기 시작했다.

"할머니도 알잖아. 저런 덴 정말 끼 있는 사람들이나 나가는 거라고. 할머닌 노래도 못하고 끼도 없잖아."

할머니가 갑자기 걸레를 집어던지고 벌떡 일어나 뭔가를 찾기 시작했다. 그러더니 구석에 있던 빗자루를 집어 들고 일 바지를 가슴께까지 끌어올린 다음 빗자루를 마이크처럼 잡고 노래를 부르기 시작했다.

아, 비 내리는 호남선. 남행 열차에 흔들리는 차아창 너머로~.

할머니는 일명, 관광버스 춤을 추며 열창했다. 하체는 움직이지 않고 팔과 어깨만 움직이며 추는 춤이다. 이번에는 아예 빗자루까지 집어던지고 춤에 집중하기 시작했다. 할머니의 춤은 다시 봐도 웃음을 참을 수가 없다. 키득키득. 고개를 돌리고 웃는데 할머니는 내가 웃는 걸 보더니 더 신이 나서 양팔을 흔들어 댔다.

"이래도 내가 끼가 없냐? 나 왕년에 한가락 하던 사람이야. 이거 왜 이래?"

할머니의 왕년이 어땠는지 모르겠지만 관광버스에서 춤추던 할머니의 모습은 아직도 기억하고 있다.

할머니는 봉천동 재래시장 한쪽에서 반찬 가게를 하신다. 시장 사람들은 일 년에 두 번 봄, 가을 장사를 접고 버스를 빌려 야유회를 떠난다. 야유회를 가는 날은 시장 사람들 잔칫날이다. 시장 사람들은 떡을 하고 돼지머리편육을 맞추고 겉절이를 담느라 야단법석이다. 나도 할머니 따라서 어렸을 때 멋모르고 야유회 가는 관광버스에 오른 적이 있다.

버스가 출발하자마자 아줌마들이 일제히 일어나 비좁은 버스 통로로 나가 미친 듯이 춤을 춰 댔다. 아줌마들은 통로가 좁든 말든 개의치 않고 두 팔을 신 나게 흔들어 댔다. 두 발을 바닥에 딱 붙인 채 상체 특히 두 팔을 앞으로 뻗어 노래에 맞춰 움직이는 아줌마들의 모습은 영화에 나오는 좀비들 같았다. 나는 달리는 버스에서 뛰어내리고 싶을 만큼 공포에 떨었었다.

그때 그 아줌마들 속에 할머니도 끼여 있었다. 할머니가 그렇게 열정적으로 춤을 추는 모습은 난생 처음 봤다. 다른 사람들은 노래도 따라하고 '앗싸' 하는 추임새도 넣었다. 하지만 할머니는 무표정한 얼굴이었다. 공포에 떨고 있으면서도 할머니의 그 모습이 웃겨서 울지도 못했다.

결국 할머니는 그날 '댄싱 퀸'으로 선정돼 비누 세트를 부상으로 받았다.

"그 정도론 약해. 파격적인 뭔가가 있어야지."
"그럼 요즘 걸 그룹인가 뭔가 하는 아가들 춤출까?"
"할머니가 그런 춤을 출 수 있겠어?"
"연습하면 되지."

할머니는 옆으로 서더니 엉덩이를 쭉 내밀고 엉덩이를 마구 돌렸다. 하지만 죄송하게도 그건 너무 보기 흉했다.

"그런 거 말고. 전 국민을 확 잡아당길 만한 게 있어야지."

할머니는 정말 진지한 표정으로 생각에 잠겼다. 그러더니 대뜸 이렇게 말했다.

"우리 같이 나가자."

할머니가 간절한 마음을 담은 얼굴로 나를 보았다. 왜? 도대체 왜? 그렇게 절규하고 싶은 걸 간신히 참고 말했다.

"그건 아니지. 내가 어떻게 나가?"

할머니가 내 말을 무시하고 말했다.

"아이고, 내가 왜 그 생각을 못했지? 됐어. 넌 그냥 내가 하자는 대로 하면 돼."

할머니 얼굴에 음흉한 미소가 떠올랐다. 또 무슨 음모를 꾸미시려고?

나는 말도 안 된다고 딱 잘라 말하고 내 방으로 들어갔다.

침대에 누웠지만 잠은 이미 저 멀리 달아났다. 왠지 불길한 예감이 들었다.

나더러 〈전국노래자랑〉에 나가자고? 에이, 말도 안 돼. 그냥 해 본 소리겠지. 장난이겠지.

세 시 방향으로 눈을 돌려 봐,
넌 딱 찍힌 거야

"뭐 〈전국노래자랑〉?"

공호가 감자탕에 들어 있는 돼지 등뼈를 양손으로 잡고 나를 빤히 보았다.

"응."

나는 돼지 등뼈와 감자가 목욕만 하고 나간 것 같은 멀건 국물을 떠먹으며 성의 없게 대답했다.

"거기 나간다고? 네가?"

공호가 믿을 수 없다는 표정으로 다시 물었다. 감자탕 국물에 밥을 말아 숟가락으로 꾹꾹 누르며 이번에도 성의 없이 대답했다.

"아직 몰라. 근데 너 〈전국노래자랑〉이 뭔지는 아냐?"

공호가 그 좋아하는 뼈에 살점이 붙어 있는데도 식판에 탁 내려놓았다.

"당근 알지. 나 캐나다 있을 때 그 프로 완전 사랑했잖냐."

공호는 초등학교 3학년 때 캐나다로 조기 유학을 떠났다. 그때는 그게 유행이었다. 좀 산다 싶거나, 우리나라 교육에 환멸을 느끼거나, 외국에서 공부했다는 스펙을 쌓고 싶은 아이들은 대부분 호주로, 캐나다로, 심지어는 인도나 아프리카에 있는 이름 모를 도시로 빠져나갔다.

공호네 부모님도 공호 본인의 의사는 묻지도 않고 조기 유학을 결정했다. 공호는 떠나기 싫어했다. 한창 재미를 붙인 총 싸움에 미쳐 있을 때였다. 이렇게 재미있는 세상을 두고 말도 통하지 않는 먼 나라에 가야 한다는 사실을 도저히 받아들일 수 없었다. 그러나 아무리 안 간다고 떼를 쓰고 울어도 소용없었다. 이미 공호 엄마는 캐나다에 공호와 함께 지낼 집도 얻고 학교도 정해 놓은 뒤였다.

그로부터 삼 년 뒤, 공호는 혼자 돌아왔다. 우리가 중학교를 배정받아 입학을 기다리던 겨울이었다. 왜 혼자 왔느냐고 묻자 공호는 아무렇지도 않은 표정으로 대답했다.

"우리 엄마, 거기서 남자 생겼어. 그 남자랑 살겠대."

초등학교 때 공호는 난폭하고 거칠었다. 걸핏하면 애들하고 싸우고 욕도 입에 달고 다녔다. 하지만 삼 년 후 나타난 공호는 전혀 다른 인간이 되어 있었다. 성격은 온순해진 반면 말이 많아졌고, 온종일 뭐가 좋은지 실실 웃고 다녔다. 달라진 건 또 있었다. 엄청나게 식탐이 늘었다는 거다. 다른 애들보다 두 배나 더 먹고도 늘 배가 고프다고 먹을거리를 찾았다. 그렇게 먹으면 벌써 돼지가 됐을 텐데 녀석의 몸은 군살 하나 없었고 키는 쭉쭉 뻗었다.

공호의 성적은 끔찍했다. 캐나다로 조기 유학을 다녀왔다고 해서 영어를 현지인처럼 잘하는 것도 아니었다. 아니, 우리 반에서 좀 한다 하는 애들보다 영어를 더 못했다. 어려운 단어도 몰랐고, 특히 독해는 형편없었다. 다른 과목에 비해 그나마 잘하는 게 영어였다.

공호 아빠는 인테리어 사업을 했는데 공호가 캐나다에 있는 사이 사업이 쫄딱 망했다. 공호가 돌아왔을 때 공호네 아빠는 예전에 함께 살았던 오십 평대 아파트까지 팔고, 두 평짜리 고시원에서 생활하고 있었다. 공호가 돌아오자 공호 아빠는 고시원에서 나와 지하 월세 방을 얻었다. 그 월세 방도 월세를 제때 못 냈는지 자주 옮겨 다녔다. 최근에도 이사를 했다고 한다.

"거기서도 〈전국노래자랑〉 하냐?"

캐나다 사람들이 송해 아저씨와 출연자들 사이에 벌어지는 일을 이해할까? 살아서 꿈틀대는 낙지를 손으로 집어 송해 아저씨 입에 넣어 주는 광경을 보면 그들은 어떻게 생각할까? 생각만 해도 얼굴이 화끈거렸다.

"이봐, 친구. 거기도 한국 방송 다 나와. 드라마도 하고 〈개그 콘서트〉도 하고 〈전국노래자랑〉도 해. 게다가 〈전국노래자랑〉은 우리 엄마가 완전 좋아했어."

언젠가 내가 모르는 영어 단어의 뜻을 물어보자 공호는 자기도 모른다고 했다. 유학 갔다 온 놈이 그것도 모르냐면서 핀잔을 주자 공호가 이렇게 말했다.

"내가 왜 영어가 안 늘었는지 알아? 거긴 한국하고 똑같아. 집에서는 엄마랑 한국말로 얘기하고 학교에 가면 한국 애들이랑 얘기하고 텔레비전도 한국 방송만 보는데 어떻게 영어가 늘겠냐?"

"아, 그때 말했지? 한국 방송만 봤다고."
 공호는 벌써 내가 연예인이라도 된 것처럼 미리 사인을 해 달라는 둥 텔레비전에 나가면 자기 이름 한 번만 불러 달라는 둥 야단법석을 떨었다. 아직 결정된 건 아니고 할머니가 같이 나가자고 해서 고민 중일 뿐이라고 아무리 말해도 소용없었다.
 "너 꼭 인기상 받아라. 뭐니 뭐니 해도 〈전국노래자랑〉의 꽃은 인기상 아니겠냐?"
 인기상? 생각만 해도 끔찍하다. 인기상을 받으려면 나 자신을 다 버리고 완전히 망가져야 하는데 맨 정신으로 그게 될까? 인기상은커녕 예심에서 통과할지도 의문이다.
 공호는 밥 한 톨도 남기지 않고 식판을 싹 비웠다. 소가 기다란 혀로 싹싹 핥은 것처럼 식판은 아주 깨끗했다. 쇠를 먹는 전설의 불가사리도 지렁이 식욕이 왕성하지는 않을 거다.
 공호는 그래도 뭔가 아쉬운지 숟가락을 입에 물고 주위를 두리번거렸다. 누군가 밥을 남기면 재빨리 달라붙어 잔반 처리를 할 생각인 것이다.
 주위를 두리번거리던 공호가 내 옆구리를 툭툭 치며 소곤거렸다.
 "야, 저 앞 세 시 방향. 아, 고개 돌리지 말고 눈으로만 슬쩍 봐."

바로 건너편 테이블에는 여자애들 여럿이서 밥을 먹고 있었다. 나는 안 보는 척하면서 세 시 방향으로 눈을 돌렸다. 창가 자리에 조미미가 혼자 앉아서 밥을 먹고 있었다. 조미미는 나와 눈이 마주치자 순식간에 눈을 내리깔았다.

"왜?"

공호가 복화술을 하듯 입술을 움직이지 않고 말했다.

"쟤 너한테 관심 있나 봐. 아까부터 널 훔쳐보더라."

"누구?"

"조미미."

나는 다시 한 번 세 시 방향으로 고개를 돌렸다. 조미미는 식판에 빨려 들어갈 것처럼 고개를 숙이고 있었다.

"야, 자꾸 보지 마. 눈 썩어."

공호가 내 팔을 툭 쳤다. 그 바람에 들고 있던 젓가락에서 멸치가 떨어졌다. 국 속에 떨어진 멸치를 건져내느라 때 아닌 낚시질까지 했다.

"뭐?"

"눈 썩는다고."

"왜 눈이 썩어?"

"너 정말 몰라?"

"뭘?"

"쟤 보면 눈 썩는다고 애들이 안 보잖아."

기가 막혔다. 다른 애라면 몰라도 내 절친 공호까지 이런 말을 하다니.

"초딩처럼 유치하게 그게 무슨 헛소리냐?"

"나도 안 믿었는데 며칠 전 우리 반 재석이 눈병 나서 안대하고 왔잖아. 조미미하고 눈 마주쳐서 썩어서 그런 거래. 참, 얼마 전 우리 반 반장 손에 붕대하고 왔잖아. 그거 조미미 공책 만져서 그런 거래."

이게 우리나라 고딩의 수준이라니. 정말 한심하다.

학교생활을 십 년쯤 하다 보면 일 년에 한두 명씩 그림자 같은 인생을 만나게 된다. 있어도 표 나지 않고, 설사 없어도 그만인 그런 아이. 누구에게도 주목받지 못하고 선생님들조차도 관심을 주지 않는 아이. 벽에 걸린 달력처럼 존재감이 없어서 한 달이 지나도 혹은 일 년이 지나도 누가 건드려 주기 전에는 그 자세로 있을 것만 같은 아이. 지금처럼 공호가 "세 시 방향으로 눈을 돌려서 봐." 하고 딱 집어서 얘기하지 않으면 한 번도 봐 주지 않을, 그런 유령 같은 존재 말이다.

조미미는 그런 아이였다. 해가 바뀌어 반이 바뀌어도 여전히 왕따라서, 너무 오랫동안 왕따여서 아이들의 괴롭힘도 멈춘 아이.

왕따에도 선천적인 왕따와 후천적인 왕따가 있다.

후천적인 왕따는 어느 날 갑자기 여러 명의 아이가 한 아이를 따돌리는 경우다. 후천적인 왕따는 상처가 커서 세상의 모든 고통과 슬픔을 짊어진 표정으로 '나 왕따다' 하며 티를 내고 다닌다.

하지만 선천적인 왕따는 절대로 왕따라는 티를 내지 않는다. 옆에 아무도 없어도 누군가 있는 것처럼 자연스럽다. 선천적 왕따는 함께 어울리던 친구들로부터 왕따를 당해 보지 않았기 때문에 자살 소동을 일으키지도 않고 만날 죽을 것처럼 인상을 구기고 다니지도 않는다. 아니 표정이 의외로 편안하다. 바로 저 조미미처럼.

조미미는 전혀 왕따처럼 생기지 않았다. 일단 생긴 것은 멀쩡하다. 눈에 띄게 예쁜 얼굴은 아니지만 그렇다고 못생긴 얼굴도 아니다. 170센티미터가 조금 안 되는 키에 날씬하다. 팔다리는 얇고 길쭉하다. 쌍꺼풀 없는 눈에 복스러운 코, 두툼한 입술은 예쁘기보다는 개성 있다는 말이 더 잘 어울린다. 김태희나 한예슬과는 아니지만 공효진이나 배두나과 정도? 성격은 워낙 말수가 없고 조용해서 모르겠다.

생긴 건 멀쩡하지만 조미미에게는 치명적인 문제가 있다. 바로 우리 반 꼴찌라는 거. 꼴찌를 할 만큼 공부를 못하게 생기지는 않았는데 시험이나 모의고사만 봤다 하면 꼴찌다.

아, 하나 더 있다. 평소에 교실에서 거의 말을 하지 않지만 가끔씩 선생님들의 질문에 대답하는 걸 들어 보면 말도 약간 더듬는다.

꼴찌에 말더듬이. 그러고 보니 왕따당할 요소를 갖추긴 했다.

공호가 내 귀에 대고 속삭였다.

"아까부터 널 힐끔거리며 봤어. 넌, 딱 찍힌 거야."

공호 입에서 감자탕 냄새가 났다. 그럴 리가. 저렇게 유령 같은 애가 왜 하필 나를? 하지만 찍혔더라도 정중히 사양하고 싶다. 조미미는 절대로 내 타입이 아니다.

공호가 식판을 들고 일어나며 내 귀에 대고 또 속삭였다.

"너 눈 썩지 않게 조심해."

나는 공호 머리통을 한 대 갈겼다.

"다 처먹었으면 공이나 차러 가자."

어느 날,
시가 나에게로 왔다

5교시. 내가 제일 좋아하는 국어 시간이다.

국어 시간을 좋아하는 건 순전히 담임선생님 때문이다. 나는 우리 담임선생님을 사, 사, 사, 사탕 같다고 생각한다. 선생님은 사탕 중에서도 레몬 사탕이다. 색깔로 치면 노란색, 맛으로 치면 상큼한 맛.

2학년에 올라와 처음 선생님을 봤을 때 깜짝 놀랐다. 머릿속에서만 존재하던 내 이상형이 실물로 짠 하고 내 앞에 나타났기 때문이다. 맑고 투명한 눈동자, 도자기같이 매끈한 피부, 어깨까지 늘어진 생머리, 화장기 없는 청순한 얼굴. 생각해 보니 대부분 남자들의 로망이기도 하다. 교사라고는 도저히 생각할 수 없는 외모의 소유자, 그녀가 바로 내 앞에 있는 선생님이다.

선생님은 겉모습만 아름다운 게 아니었다. 외모만 믿고 성격은 고약한 여자들도 많은데, 예쁜 게 착한 거라고들 하지만 선생님은 마음씨도 착했다.

대부분의 선생님들은 공부를 잘하거나, 잘생기거나, 성격이 강하거나, 좀 사는 집 애들 혹은 부모님이 의사나 변호사처럼 좋은 직업을 갖고 있는 아이들을 편애한다. 하지만 우리 선생님은 그 반대다. 집안 환경이 불우한 애들에게 더 깊은 애정을 쏟았다.

학기 초, 선생님은 반 학생들과 일대일 면담을 했다. 내가 할머니와 단둘이 사는 것을 알고 선생님은 내 손을 꼭 잡고 말했다.

"인생에 어둠만 있는 건 아냐. 인생에서 터널은 그리 길지 않고 순식간에 지나가는 법이야. 참고 견디면 언젠가는 터널 밖 밝은 세상에서 환하게 웃을 날이 올 거야. 나는 항상 네 편이야. 언제든 어려운 일이 있으면 와서 말해."

만약 다른 선생이 그런 말을 했다면, 마음껏 비웃어 줬을 거다. "내 인생이 어둠이고 터널인지 당신이 어떻게 알아? 부모가 없고 할머니 밑에서 자란다고 불우하다고 생각하다니, 선생이면서 일반화의 오류를 저지르고 있는 꼴이지. 내 인생은 절대 어둡지도 않고 불우하지도 않아."라고. 하지만 담임선생님에게만은 반항도, 비웃음도 보낼 수가 없었다. 이렇게 아름다운 선생님이 항상 내 편이라는데 어떻게?

"오늘 외울 시는 뭐지?"

선생님은 시를 사랑한다. 일주일에 한 편씩 우리는 선생님이 제시하는 시를 외워야 한다. 교과서에 있는 시가 아니라 선생님이 선택한 시를. 선생님은 수업 시간이 시작하자마자 시를 낭송하고 그 시와 시인에 대해 간략하게 설명해 준다. 굳이 그렇게 하지 않아도 되는데 선생님은 한다. 그게 수업 시간에 들어 와서 시간만 때우다 나가는 다른 선생님들과 우리 선생님의 차이점이다.

애들은 시 외우는 것을 끔찍하게 싫어한다. 좋아하는 가수의 노래 가사는 줄줄 외워 대는 아이들도 몇 행 안 되는 시를 외우라고 하면 비명부터 질러 댄다. 하지만 나는 시를 외우는 게 좋다. 그래서 선생님이 말씀하신 시는 무슨 일이 있어도 외운다.

"기형도의 '엄마걱정'입니다."

나는 자신만만한 목소리로 대답했다.

아이들이 '어우, 재수 똥덩어리.' 하는 표정으로 나를 봤다. 선생님이 방긋 웃었다. 그러면 됐다.

"좋아. 김형민, 그럼 한번 외워 볼래?"

이 시간을 기다렸다. 나는 벌떡 일어나 시를 외우기 시작했다.

열무 삼십 단을 이고
시장에 간 우리 엄마
안 오시네, 해는 시든 지 오래
나는 찬밥처럼 방에 담겨
아무리 천천히 숙제를 해도
엄마 안 오시네, 배춧잎 같은 발소리 타박타박
안 들리네, 어둡고 무서워

선생님은 깊은 상념에 빠진 표정으로 시를 낭송하는 내 목소리에 귀를 기울였다.

나는 기형도라는 시인을 모른다. 선생님이 외우라고 해서 시를 열심히 외웠을 뿐이다. 인터넷에서 찾아본 기형도의 시들은 하나같이 어둡고 우울하고 쓸쓸했다. 나는 그런 분위기 딱 질색이다. 선생님이 좋아한다고 하니까 외우긴 외웠지만 역시 기형도는 내 취향이 아니다.

"오늘 형민이가 내 감성을 자극하네. 잘했어."

또다시 질투 섞인 야유를 보내겠지? 우우. 하지만 아무리 그래 봐라. 다음 주에도 또 그 다음 주에도 계속 외울 거니까.

"시를 감상할 때는 그 시어들에 대한 이미지를 머릿속으로 그려 봐. 자, 눈을 감아."

나는 눈을 감았다. 검은색 도화지를 들여다보고 있는 것처럼 깜깜하다. 선생님이 나지막한 목소리로 시를 읊었다.

열무 삼십 단을 이고
시장에 간 우리 엄마
안 오시네

열무 삼십 단이면 얼마 정도야? 그걸 머리에 이고 갈 수 있으려면 힘세야겠네. 근데 우리 엄마는 힘이 셌던가? 모르겠다. 내가 엄마에 대해 기억하는 것은 딱 한 가지이다.

〈전국노래자랑〉을 하던 그날, 할머니 집에 나를 두고 아빠를 찾겠다며 뒤도 안 돌아보고 나가던 바로 그 모습.

다섯 살 어느 여름 날, 텔레비전에서는 〈전국노래자랑〉이 방송되고 있었다. "간다, 간다, 나는 간다." 각설이 분장을 하고 노래를 부르는 아저씨의 얼굴에는 눈물인지 땀인지 모를 허연 물이 죽죽 흘러내리고 있었다. 마치 얼굴이 녹아내리는 괴물처럼 보였다. 노래가 끝나고 그는 송해 아저씨를 향해 넙죽 절을 했고, 송해 아저씨는 얼굴을 찡그리며 "아구구구, 난 아직 갈 때가 안 됐수." 하고 너스레를 떨었다.

그런데 그날 '간다, 간다, 나는 간다.' 하고 가 버린 사람은 그 각설이 분장을 한 아저씨가 아니라 엄마였다.

'그 인간 찾기 전에는 절대 안 돌아올 거예요.'
문장으로만 내 기억에 남아 있는 엄마의 그 말.
'어디 있다고 찾으러 간다는 거냐. 좀 기다려 보면 안 되겠냐?'
목소리로 내 기억에 남아 있는 할머니의 그 말.
"술집이나 뭐 도박장 같은 데 다 뒤져 보면 나오겠죠."
"그 많은 델 어떻게 다 뒤진다고?"
"땅끝까지라도 가서 찾아낼 거예요."
"야는 어쩌고?'
그때 할머니와 엄마가 동시에 나를 내려다봤다.
"애는 당분간 어머니가 맡아 주셔야죠."

부탁이 아닌 명령이었다.

할머니는 한숨을 푹 쉬었다.

텔레비전 속에서 각설이 아저씨와 송해 아저씨는 땅을 치며 울고 있는데 엄마는 울지 않았다.

이제 막 문을 열고 나가려는 엄마 뒤에 대고 할머니가 말했다.

"저거 다 보고 가라."

엄마는 잠깐 망설이더니 할머니 옆으로 와서 앉았다.

텔레비전에서는 송해 아저씨가 한 출연자와 신나게 디스코를 추고 있었다.

할머니와 엄마는 모녀지간처럼 사이좋게 앉아 텔레비전을 봤다. 누가 보면 잠시 후 자식을 버리고 떠날 어미라고는 전혀 믿어지지 않을 뒷모습이었다. 〈전국노래자랑〉이 다 끝나고, 초대 가수가 나와서 노래할 때 엄마가 또 일어났다.

"저 이제 진짜 갈게요."

나도 엄마를 따라서 일어났지만 엄마가 슬그머니 나를 할머니 쪽으로 밀쳤다.

할머니는 여전히 텔레비전을 보고 있었다.

"그래도 누가 인기상 먹는지는 보고 가야지."

할머니 말에 엄마가 또 멈칫했다.

'다음 주 누가 나올지 궁금하지 않냐? 아예 다음 주도 보고 가거라. 그 다음 주도, 또 그 다음 주도.'

할머니가 엄마한테 그렇게 말해 주길 바랐다. 하지만 할머니는 인기상까지만 말했다.

고맙게도 엄마는 누가 인기상을 타는지도 보고, 우수상, 최우수상을 타는지도 봤다.

나는 엄마를 따라가야 한다고 생각했다. 왠지 그래야 할 것 같았다. 세상의 모든 아이들은 다 엄마 치맛자락을 붙잡고 있다. 엄마가 떠나려고 하면 아이들은 본능적으로 그것을 알아차린다. 나도 본능적으로 엄마가 나를 버리고 떠난다는 것을 알아차렸다.

할머니 집에 오기 전날 엄마가 말했다.

"아빠 찾으면 꼭 널 데리러 올 테니까 할머니 집에서 다섯 밤만 자고 있어. 알았지? 약속."

나는 그 말을 믿지 않았다. 엄마는 짐작조차 할 수 없었겠지만 나는 이미 그때 세상을 다 알고 있었다. 데리러 올 거라는 말은 아이를 버리는 세상의 모든 엄마들이 하는 뻔하고 통속적인 거짓말이라는 것을. 그것은 어린애가 가질 수 있는 놀랄 만한 생의 본능 같은 거였다. 그런데도 나는 새끼손가락을 내밀어 엄마의 새끼손가락에 걸었다. 그것이 통속적인 세상을 속이는 내 나름의 방식이었다. 그래도 막상 엄마가 나가는 것을 보니 잡아야 할 것 같았다. 엄마 치맛자락을 붙잡았을 때, 엄마는 다시 나를 할머니 쪽으로 슬그머니 밀쳤다. 그게 서러워서 울었다. 할머니는 우느라 쩍 벌린 내 입에 밤을 넣어 주었다. 작은 입안을 밤이 꽉 채워서 울음을 뱉어낼 수가 없었다. 울면서도 날밤을 깨물어 먹었다. 목구멍을 막았던 커다란 날밤이 자디잘게 부서지고, 국물이 되어 이 사이로 새어 나와 턱을 타고 줄줄 흘러내릴 때까지 씹고 또 씹었다. 그사이 엄마는 할머니 집을 나가 비탈길을 내려가고 있었다.

그날 이후 일요일마다 할머니는 알밤을 까서 내 입에 넣어 주셨다. 일요일 오전마다 나는 송해 아저씨를 보며 날밤을 먹었다.
도무지 엄마 얼굴이 기억나지 않는다. 검은색 도화지에는 아무 그림도 그려지지 않았다.

해는 시든 지 오래
나는 찬밥처럼 방에 담겨
아무리 천천히 숙제를 해도
엄마 안 오시네

나는 저녁이 싫었다. 학교에서 돌아오면 집에는 늘 나 혼자였다. 낮잠을 자다가 일어났을 때, 방 안에 가득 차오르기 시작하는 석양빛을 보면 이유 없이 서글펐다. 할머니는 반찬 가게 문을 닫는 여덟 시 이전에는 오지 않는다는 것을 알았기 때문에 할머니를 기다리지도 않았다. 나는 찬밥처럼 빈 방에 담겨진 채 컴퓨터 게임을 했다. 불 켜는 것도 잊은 날에는 컴퓨터 화면에서 새어 나오는 푸르스름한 빛이 온 방을 가득 채웠다.
그렇게 오래 있다 보면 세상에는 나 혼자뿐인 것처럼 느껴졌다. 밝은 빛도 없고, 아빠도 없고, 엄마도 없고, 할머니도 없는, 완전 고

립무원의 세계 속에서 나는 아무런 기대도 갖지 않은 채 혼자였다.
검은색 도화지가 푸른색으로 바뀌고 컴퓨터 앞에 혼자 앉아 있는 내가 그려진다.

배춧잎 같은 발소리 타박타박
안 들리네 어둡고 무서워

배춧잎 같은 발소리는 안 들려도 무거운 발소리는 들린다. 저벅저벅. 엄마가 할머니 집을 나가 골목을 걸어가는 소리. 마을버스를 타고, 버스 정류장으로 가서 버스에 오르는 소리, 버스에서 내려 기차역으로 걸어가는 소리, 기차를 타고 조금씩 멀어져 가는 소리.
선생님은 시에 대한 이미지를 그려 보라고 했지만 나는 더 이상 그릴 수가 없었다. 그 발자국 소리와 함께 모든 이미지들이 다 사라졌다. 눈앞은 다시 검은 도화지 같은 어둠뿐. 선생님이 계속 시를 읊어도 단단한 검은색은 어떤 이미지도 만들어 내지 못했다.
"자, 이제 눈을 떠도 돼."
선생님은 촉촉해진 목소리로 말했다.
"기형도는 내가 가장 좋아하는 시인이야. 나는 그의 시를 읽고 있으면 내가 시를 읽고 있는 게 아니라 기형도라는 한 인간을 읽고 있는 기분이 들어. 어느 봄날 극장에서 혼자 쓸쓸히 죽어 간 천재 시인을, 그의 삶을. 그리고 그가 무슨 말을 하고 싶었는지를 알고 싶어서 그의 시를 찾아 읽게 된 것 같아. 누군가를 좋아하면 그의 말에 좀 더 귀를 기울이게 되고 그가 어떤 사람인지 알고 싶은 것처럼."

누군가를 좋아하게 되면? 그건 꼭 나를 두고 하는 말 같다.

나는 선생님을 좋아한다. 처음 담임이 되어 교실에 들어온 순간부터 좋아했다. 선생님의 외모가 내 로망과 딱 맞아떨어졌기 때문에 좋아하게 되었는지도 모른다. 하지만 외모를 떠나 선생님을 진짜 좋아하게 된 결정적인 계기가 있었다.

그건 그냥
가짜 상처일 뿐이야

학기 초 우리 학교를 발칵 뒤집은 사건이 있었다.

우리 학교 발명반에 괴짜가 한 명 있었다. 별명이 '미친 손가락'인 기호는 발명반에서 끊임없이 무엇인가를 만들어 냈다. 미국에서 열린 세계발명대회에 나가서 당당히 은상을 거머쥐고 돌아와 학교에서 대대적인 환영 행사를 한 적도 있었다. 그런 기호가 새로운 분야에 관심을 갖게 됐다. 바로 특수 분장이었다.

기호는 수많은 SF영화나 호러 물에 등장하는 특수 분장을 독학으로 마스터했다. 그리고 마침내 어느 날 그 천재성을 학교 전체에 요란하게 알렸다.

쉬는 시간 여자 화장실에서 무시무시한 비명 소리가 들려왔다. 하나가 아니라 여러 명이 연달아 내는 소리였다. 교실에 있던 여자아이들은 물론 남자아이들도 여자 화장실로 달려갔다.

여자 화장실 바닥에 발기된 채로 잘린 남자 성기가 떨어져 있었다. 성기는 방금 전까지 누군가의 그곳에 매달려 있다가 금방 떼어진 것처럼 피가 뚝뚝 배어 나와 흰 타일을 붉게 물들이고 있었다.

처음에 그것이 남자 성기인 줄 몰랐던 여학생들은 '이것이 무엇에 쓰는 물건인고?' 하고 발로 툭툭 건드려 보았다고 한다. 그 순간 그것의 정체를 본능적으로 알아차림과 동시에 호러 영화에서나 등장할 비명들을 질러 댔던 거였다.

심장이 약하거나 비위가 약한 애들은 눈이 까뒤집힌 채 쓰러졌다. 여기저기서 픽픽 쓰러지고 비명을 질러 대고 울고불고 난리도 아니었다. 결국 선생님들이 모두 뛰어올라 오고, 학생부장이 집게로 그 '물건'을 집어 비닐봉지에 넣고 나서야 상황이 종료되었다. 결국 아마추어 국과수의 검식 결과 그 '물건'은 정교하게 만들어진 가짜로 판명되었다.

가짜라는 것은 밝혀냈지만 서슬이 시퍼런 생활지도부 선생님들은 그것을 만든 범인은 끝내 잡지 못했다. 범인이 기호라는 심증은 있었지만 물증이 없었다. 기호는 몸이 아파 병원에 들렀다 오는 길이라면서 모든 상황이 종료된 뒤에야 유유히 학교에 나타났기 때문이다.

하지만 우리는 그 위대한 장인이 바로 기호라는 사실을 알고 있었다. 그는 완전 범죄를 저지르기 위해 그 '물건'을 여자친구에게 주며 여자 화장실에 갖다 놓으라고 시켰고, 자신은 병원으로 향했던 것이다.

그런 기호가 내 짝이 됐다. 애초부터 공부와는 담을 쌓은 기호는 수업 시간에 내 손에 장난질을 하기 시작했다. 손바닥이 조금 간지러웠지만 수업에 집중하느라 기호가 내 손바닥에 무슨 짓을 하는지 몰랐다.

수업이 끝난 뒤 나는 손바닥을 내려다보고는 깜짝 놀랐다. 손금을 따라 아주 굵고 선명한 칼자국이 나 있었던 거다. 갈라진 살점 사이로 검붉은 피가 고여 있는 깊은 자상이었다.

그런데 이상했다. 그걸 보는 순간 진짜로 칼에 베인 것처럼 손바닥이 아팠다. 수업 시간이 끝나고 아이들이 내 상처(?)를 구경하기 위해 몰려들었다. 상처를 본 남자아이들은 그 정교함에 놀라워했고, 여자아이들은 기호에게 손바닥을 내밀며 '저것과 똑같이 해 달라'고 주문했다. 아이들이 번호표를 받아 기호 앞에 줄을 서는 동안 나는 교실을 빠져나왔다.

갈라진 상처 틈으로 바람이 파고들어 뼛속까지 시렸다. 이건 그냥 가짜라고, 장난으로 그려 놓은 낙서일 뿐이라고 나 스스로에게 아무리 소리쳐도 소용없었다. 온몸에 있는 피들이 팔을 타고 손목을 지나 손바닥 상처를 통해 밖으로 빠져나가기라도 하는 것처럼 걸을 때마다 몸에서 힘이 빠졌다.

겨우 등나무 아래 벤치에 앉아 상처를 내려다봤다. 상처는 깊었고, 아픔은 온몸으로 퍼졌다. 온몸에 수많은 솔잎들이 들어가 여기저기를 마구 찔러 대는 것 같았다. 심장을 찌르고, 위를 찌르고, 대장과 소장을 찌르고, 수많은 세포들을 찌르고 찔러서 정말 아팠다.

어린애는 아프면 울어야 한다. 분해도 울고 엄마가 보고 싶어도 울고 억울해도 울어야 한다. 그래야 낫는다. 하지만 나는 어려서부터 울지 않았다. 울려면 목구멍부터 열어야 하는데 잘 깎은 날밤 하나가 내 목구멍을 꽉 막고 있는 것 같아서 어떤 일에도 울음이 터져 나오지 않았다.

초등학교 4학년 어느 날, 지금은 이름도 기억나지 않는 어떤 녀석과 지독하게 싸웠다. 그 녀석이 내게 고아라고 놀렸기 때문이다. 난 고아가 아니라고, 우리 엄마는 아빠 찾으러 갔다고 말했다. 하지만 녀석은 증거가 있으면 말해 보라고 했다. 증거 같은 건 없었다. 난 억울했다. 녀석을 한 대 쳤다. 녀석도 나를 쳤다. 우리는 땅바닥을 뒹굴며 죽어라 서로 팼다.

그 녀석은 나를 많이 때렸고, 나는 더 많이 때렸다. 녀석 입술이 터져서 피가 났다. 녀석의 얼굴과 옷이 피투성이가 됐다. 그때 저 멀리서 그 녀석의 엄마가 달려왔다. 그 녀석을 일으키며 녀석의 엄마가 차갑게 말했다. "너희 집 어디야? 당장 앞장 서."라고.

녀석이라면 얼마든지 상대하겠는데 녀석의 엄마까지 상대하는 건 불가능했다. 나는 고집스럽게 버텼다. 내 팔목을 잡고 우리 집으로 끌고 가려고 하는 녀석의 엄마에게 그 녀석이 말했다. "쟤 엄마 없어. 고아야."라고.

녀석의 엄마가 잡았던 내 손목을 놓았다. 녀석의 엄마는 가게로 가서 하드 두 개를 사서 녀석과 나에게 한 개씩 주면서 말했다. "친구끼리는 싸우지 말고 사이좋게 놀아라."라고.

녀석은 자기 엄마 손을 잡고 집으로 가 버리고 나는 혼자 터덜터

덜 걸어 집으로 돌아왔다. 눈물처럼 녹아 흐르는 하드를 바라보며 눈물을 삼켰다. 한 입도 먹지 않은 하드를 버리고 녹은 하드가 묻은 손등을 바지에 닦았다. 눈물 대신……. 집으로 돌아와 찬밥처럼 방 안에 내 몸을 던졌다. 분하고 억울했지만 울지는 않았다. 울면 안 돼. 절대로 울어선 안 돼. 내 속에 있던 강한 내가 그렇게 소리쳤다. 팔을 보니 어디에서 긁혔는지, 아니면 녀석에게 맞은 자국인지 가로로 길게 붉은 줄이 나 있었고, 피가 배어 나와 있었다. 그때까지 몰랐는데 상처를 보자 쓰리고 아팠다.

기호가 내 손바닥에 그려 놓은 가짜 상처를 보자 오랫동안 기억 속에만 있던 그날의 내가 떠올랐다. 울 수 없어서, 울지 못해서, 아픈 상처를 내려다보면서도 씩씩거리고만 있던 그날의 나를 떠올리자 갑자기 눈물이 나왔다. 우는 내가 당황스러웠지만 눈물은 멈추지 않았다. 엉엉 소리 내서 울었다. 텅 빈 운동장에 커다랗게 공명되는 내 울음소리를 들으며 제발 이제는 안 아팠으면 좋겠다고 생각했다. 이럴 때 엄마가 나타나 '애야, 그건 진짜 상처가 아니라 그냥 낙서일 뿐이야, 그러니 그만 울음을 그치렴.' 하고 말해 주면 진짜로 아픔도 울음도 거짓말처럼 그칠 것 같았다.

그런데 그때 선생님이 나타났다, 엄마 대신.
"무슨 일이니? 왜 그래? 어머, 피!"
선생님이 놀란 얼굴로 내 손바닥을 내려다보았다. 나는 선생님이 그 상처를 보지 못하도록 주먹을 꼭 쥐었다.
"어디 봐. 어쩌다 다친 거야? 손 좀 펴 봐."

선생님이 내 주먹을 펴려고 했다. 그럴수록 나는 더 세게 주먹을 쥐며 말했다.

"아파요."

선생님이 나를 안아 주었다. 선생님 품에 안기자 이상하게 설움이 복받쳐서 더 크게 울었다. 선생님이 내 등을 토닥거려 주었다. 선생님 품 안에서 냄새가 났다. 나는 그 냄새를 언젠가 맡은 적이 있다고 생각했다. 아주 어렸을 적, 내가 나를 기억하지 못하는 어느 때 맡았던 달짝지근하면서도 향긋한 냄새, 그래서 맡으면 스르르 달콤한 잠 속으로 빨려 들어갈 것만 같은 마력을 가진 냄새, 선생님 품에서 한동안 그 냄새를 맡았다.

나중에 선생님은 우리 반 애들 대부분의 손바닥에 굵직한 자상이 있는 걸 확인하고 어이없어했지만 그때 등나무 아래에서 왜 그렇게 울었느냐고 나에게 묻지 않았다. 그래서 선생님이 더 고마웠다.

못 다 핀
꽃 한 송이 피우리라

할머니께 다시 한 번 물었다.

"꼭 나가야겠어?"

그때 내 얼굴에는 '나가지 않겠다고 말해 줘. 제발.'이라고 써 있었을 것이다.'

하지만 할머니는 내 얼굴을 보지도 않고 걸레로 마룻바닥을 쓱쓱 문지르며 대답했다.

"우리가 〈전국노래자랑〉 나간다는 거 시장 사람들 다 알아."

헐. 그건 이미 빼도 박도 못한다는 소리다. 시장이란 곳은 소문이 정말 빨리 퍼지는 곳이다. 게다가 소문은 언제나 더하기를 한다. 누가 방귀만 뀌어도 똥 쌌다고 소문이 난다. 단골손님들은 말을 전달하는 홀씨처럼 말을 퍼트리고 다닌다. 생선 가게에서 들었던 말을 금세 채소 가게에 옮기고, 채소 가게에서 들은 말을 금세 정육점에 가서 퍼트린다. 이렇게 말의 홀씨는 바람이 아니라 사람의 입에 의해 순식간에 시장 안에 쫙 퍼진다. 그런데 이번 일은 할머니가 직접, 손수 소문을 퍼트렸을 거다. 시장 초입에 있는 채소 가게에서부터 시장 끝에 있는 분식집까지 퍼지는 데는 한나절도 안 걸렸을 거다.

"그럼, 할머니 혼자 나가."

할머니가 걸레를 던지고 내 앞으로 바싹 다가와 앉았다.

"너도 나랑 같이 나가야 돼."

"왜?"

"글쎄 그런 줄로만 알고 있어."

"왜 그런데?"

"아무튼 그리 알고 마음 준비 단디 해."

"말 안 해 주면 나 신청 안 해."

할머니가 내 얼굴을 물끄러미 바라보더니 한숨을 푹 내쉬고 나서 말했다.

"내 나이 낼 모레면 팔십이다. 살아야 앞으로 얼마나 살겠냐. 내 소원이 손자랑 함께 노래자랑 나가 보는 거다. 이 할미 마지막 소원인데 안 들어줄 거냐?"

아, 또 감정에 호소한다. 우리나라 사람은 이게 문제다. 논리나 이성으로 일을 해결하려고 하는 게 아니라 감정에 호소하며 대충 모면하려고 한다.

'내가 살아야 앞으로 얼마나 더 살겠냐?'라는 할머니의 단골 멘트는 가끔 내 귀에 '난 아직 백 년은 더 살 수 있어.'로 들리기도 하지만 이 말에 마음이 약해지는 것도 어쩔 수 없다.

"그럼 뭐 부를 건데?"

할머니가 기다렸다는 듯이 말했다.

"꽃 한 송이."

"혹시 '못다 핀 꽃 한 송이'? 설마 그 어려운 노래를 할머니가 부른다고?"

내 말이 채 끝나기도 전에 할머니가 노래를 부르기 시작했다.

그 누가 꺼억 꺾나 하얀 송이 외로운 꽃.

트로트다. 구슬프다 못해 청승맞다. 나더러 저 노래를 같이 부르라고? 에이.

"스톱."

나는 손을 내저어 할머니 노래를 막았다.

"할머니 〈전국노래자랑〉 보기 시작한 지 얼마나 됐어?"

할머니가 생각할 필요도 없다는 듯이 냉큼 말했다.

"아마 한 삼십 년 됐지?"

"근데 아직도 몰라?"

"뭘?"

"거기 나오는 사람들이 어떤지."

"그야 물론 다들······."

할머니가 뭔가를 깨달은 듯한 표정으로 고개를 끄덕였다.

"아, 맞다. 별나지들."

〈전국노래자랑〉에 나오는 사람들은 무조건 튄다. 복장도 튀고 노래도 튀고 춤도 튀고 송해 아저씨하고 주고받는 말장난도 튄다. 이것저것 안 되면 하다못해 외모라도 튀어야 한다. 그런데 지금 할머니가 나가서 저 구슬프고 청승맞은 노래를 부르면? 보나마나 예심에서 땡이다.

할머니도 그제야 사태의 심각성을 파악했는지 얼굴에 근심이 가득했다.

"그럼 뭘 부를까?"

"일단 사람들 시선을 확 끌어야지."

할머니와 나는 한참 동안 머리를 맞대고 생각했다. 할머니는 요란하게 분장을 하겠다고 했다. 그건 안 된다. 요란한 분장으로 눈길을 끄는 건 이미 유행이 지났다. 특히 할머니가 요란하게 화장을 하고 이상한 옷을 입으면 오히려 추해 보일 가능성이 있다.

노래로 시선을 끄는 것도 불가능하다. 내가 지금까지 〈전국노래자랑〉을 시청한 결과, 그 프로그램에 나오는 사람들의 노래 실력을 결코 무시하면 안 된다. 초대 가수인지 노래자랑에 나온 사람인지 분간이 안 될 정도로 노래를 잘 부른다.

할머니는 아예 할머니가 만든 반찬으로 한 상을 차려 가져가겠다고 했다. 그럼 반찬 가게 광고도 되고 눈길도 확 끌 게 아니냐면서. 하지만 그것도 좀 생각해 볼 문제다. 그럼 송해 아저씨 입에 밥도 넣어 주고 만담도 해야 하는데 할머니가 할 수 있을까? 뭐 할머니라면 할 수도 있을 것도 같다. 할머니는 농담도 잘하고, 사람들 웃기는 데도 좀 소질이 있으니까. 하지만 그건 그냥 시장 안에서나 통하지 전 국민을 상대로 하기에는 약하다.

할머니도 문제지만 더 큰 문제는 바로 나다.

나는 절대로 〈전국노래자랑〉에 나갈 만한 인물이 못 된다. 나는 노래도 못하고 춤도 못 추고 더군다나 좌중을 휘어잡을 수 있는 카리스마도 없다. 지금까지 반 아이들 앞에서조차 노래를 해 본 적이 없다. 더 심각한 건 내가 노래를 잘하는지 못하는지도 모르고 있다는 사실이다.

할머니와 나, 정말 최악의 조합이다.

분명히 이런 조합이라면 본선까지는 올라가지도 못할 것이다. 인터넷으로 알아보니 〈전국노래자랑〉 예심 경쟁률은 생각보다 어마어마하게 높았다. 어느 지역에서 예심을 보든 신청자는 사백 명에서 오백 명 가까이 됐다. 그중 1차 예심을 보고 또 2차 예심을 본다. 마지막 방송에 나가는 본선 진출자는 열다섯 명 내외다. 그러니까 오백여 명 중에서 열다섯 명 안에 들어야 방송에 나올 수 있다는 말이다.

어차피 우리가 본선에 올라가서 텔레비전에 나올 확률은 오백 분의 십오, 즉 3퍼센트밖에 되지 않는다. 할머니와 내가 방송에 나올 확률은 거의 불가능에 가깝다. 어차피 할머니는 〈전국노래자랑〉 예심 무대를 밟아 봤다는 추억만 만들면 된 거니까, 됐다!

누구에게나
십팔번은 있다

"뭐 부를 건데?"

공호는 자기가 내 매니저라도 된 것처럼 〈전국노래자랑〉에 관심이 많다. 할머니도 공호도 나와 눈만 마주치면 "뭐 부를 건데?" 하고 물어본다. 신청 마감 날짜가 코앞으로 다가왔는데 아직 곡목조차 못 정했으니 큰일은 큰일이다.

공호는 그러지 말고 자기가 선곡을 해 주겠으니 노래방에 가자고 했다. 어차피 야자도 없는 날이라서 공호와 노래방에 가기로 했다.

공호는 우리 집에서 한 블록 떨어진 다세대 주택 지하에 살고 있다. 우리 동네도 빈촌이지만 공호네 동네는 더 심하다. 3층 높이의 다세대 주택들이 한 뼘의 공간도 없이 다닥다닥 붙어 있고, 주택 사이사이로 골목길들이 거미줄처럼 얽혀 있다.

다세대 주택들은 대부분 지어진 지 오래되어 모두 낡았다. 외벽이

갈라지고, 창문에는 먼지가 얼룩져 더러웠다. 콘크리트로 덮어 버린 길은 건물이 만든 그늘 때문에 푸른색 이끼로 덮여 있고, 썩은 길에서는 오줌 냄새 같은 악취가 풍겼다. 집을 둘러싸고 있는 햇빛은 힘을 잃어 시들했다. 집과 집을 둘러싸고 있는 공기마저도 낡은 것처럼 느껴졌다.

건너편에 재개발이 된 아파트 단지가 보였다. 유리로 된 아파트 외벽에 반사된 햇빛은 멀리서 봐도 반짝반짝 빛이 났다. 그쪽의 공기는 상쾌할 것 같고, 그쪽에 사는 사람들은 금방 목욕을 하고 나온 것처럼 깨끗할 것 같았다.

그쪽과 이쪽 중간의 하늘에는 보이지 않는 장막이 처져 있지 않을까 생각했다. 이쪽의 더러운 공기는 저쪽으로 절대 넘어갈 수 없고, 반짝반짝 빛나는 저쪽의 햇빛이 이쪽으로 절대 넘어올 수 없게 만드는 장막 같은 것. 그렇지 않고는 햇빛과 공기마저 저쪽과 이쪽이 이렇게 차이가 날 리가 없다.

이쪽에서 저쪽으로 건너가는 건 불가능해 보여도, 저쪽에서 이쪽으로 건너오는 건 쉬운 듯하다. 몇 년 전에 공호는 저쪽에 살았다. 공호 아빠가 전 재산을 다 날리지 않았더라면 공호는 이쪽에 있지도 않을 것이다.

노래방은 상가 건물 지하에 있었다. 2층과 3층은 주택으로 사용하는 낡아빠진 상가였다.

지하로 들어가는 입구에 '7080노래방'이라고 쓴 입간판이 세워져 있었다. 번화가로 나가면 시설 좋고 음향 좋은 노래방도 많은데 왜 하필 이렇게 후진 데를 가는지 모르겠다.

"촌스럽게 노래방 이름이 칠공팔공이 뭐냐?"

"그래도 여기만큼 서비스가 짱인 데도 없어."

공호가 씩 웃으며 지하 노래방으로 내려갔다.

동굴 속으로 들어가는 것처럼 계단은 길고도 깊었다. 다 내려갔을 때 지하실 특유의 퀴퀴한 냄새가 풍겼다.

카운터에 앉아 졸고 있던 주인아저씨가 문 여는 소리에 놀라 눈을 번쩍 떴다.

공호가 오랜 단골처럼 능숙하게 말했다.

"아저씨, 저희 삼십 분만 부를 건데요, 서비스 두둑이 넣어 주세요."

아저씨가 아무 대답도 하지 않고 마이크를 챙겼다.

공호가 나한테 어서 계산하라는 눈짓을 보냈다. 주머니에서 만 원을 꺼내 내밀었다. 아저씨가 이천 원을 거슬러 주었다.

우리는 카운터에서 가장 멀리 떨어진 5번 방으로 들어갔다. 룸에는 손님이 아무도 없는지 주위가 조용했다.

소파에 앉자마자 공호가 내 앞으로 두툼한 노래방 책을 내밀었다.

"자, 여기시 골라 봐."

"왜?"

"네 노래 실력 알아봐야지."

"뭐하게?"

"어휴, 그래야 너한테 꼭 맞는 노래를 선곡할 거 아냐."

"나 아는 노래 별로 없는데?"

"이봐 친구, 인간에게는 누구나 십팔번이 있는 법이야. 그러지 말고 골라 봐."

책을 펼쳤다. 수학 책도 아닌데 숫자가 빼곡히 적혀 있었다. 페이지를 넘겨도 마찬가지였다.

"뭘 그렇게 뚫어져라 보고만 있어. 시간 간다. 빨리빨리 골라라."

옆에서 공호가 재촉했다. 하지만 이 많고 많은 노래들 중에서 내가 아는 노래는 거의 없었다. 친구를 따라 몇 번 노래방에 간 적은 있었지만 내가 노래를 한 적은 거의 없었다. 내가 친구들과 노래방에 간 이유는 노래방 비를 나누어 내기 위해서 정도.

옆에서 안타깝게 지켜보던 공호가 벌떡 일어나더니 벽 쪽으로 갔다. 벽에는 '이달의 히트곡'이나 '이달의 신곡'이 적힌 종이가 붙어 있었다. 공호는 그곳에 적힌 노래들을 열심히 보더니 노래방 기기에 숫자를 입력했다. 곧이어 노래방 기기에서 음악이 흘러나왔.

'빅뱅'의 노래였다. 공호는 자기가 마치 '빅뱅'의 '지 드래곤'이라도 된 것처럼 춤까지 추며 노래를 불렀다. 하지만 춤 실력도 노래 실력도 엉망이다. 송해 아저씨가 '땡' 치는 소리가 귓가에 들려왔다.

나는 계속 목록을 뒤적였지만 꼭 부르고 싶은 노래를 찾지 못했다. 내가 제일 좋아하는 노래는 '담배 가게 아가씨'다. 언젠가 텔레비전에서 '알리'라는 가수가 그 노래를 부르는 것을 보고 뽕 가서 한동안 '담배 가게 아가씨'를 흥얼거리고 다녔다. 그렇다고 할머니와 함께 나가서 '담배 가게 아가씨'를 부를 수는 없지 않은가?

내가 선곡을 하지 못하고 고민하는 사이 공호는 물 만난 물고기처럼 연이어 신 나게 노래를 불러 젖혔다. 무슨 목적으로 여기 왔는지 까맣게 잊은 듯 혼자 무아지경에 빠져 버렸다. 공호가 부른 노래는 대부분 빠른 비트의 노래였다. '미스에이'의 '배드 보이'나 '소녀시대'의 '런런런' 같은 여자 노래도 불렀다. 하지만 악만 바락바락 써 대고 몸만 열심히 흔들어 댈 뿐 음정이나 박자는 완전 무시했다.

시간이 점점 지날수록 난감해졌다.

연속해서 다섯 곡쯤 부른 공호는 얼굴이 시뻘개져서 소파에 털썩 주저앉았다.

"아직도 못 골랐어?"

나는 공호 앞으로 노래방 책을 내밀었다.

"네가 좀 골라 봐라."

공호는 노래방 책 한쪽 끝을 잡더니 그 두꺼운 책을 쫘르륵 펼쳤다. 그러는 동안 공호의 눈알이 위에서 아래로 빠르게 움직였다.

공호의 눈이 앞 페이지 쪽에서 갑자기 멈췄다.

"아, 이거 좋다."

공호가 손가락으로 가리킨 곡목은 '그대 안의 블루'였다. 아는 노래지만 한 번도 불러본 적은 없다.

"좀 어려운 노래이긴 한데. 암튼 할머니하고 손자하고 듀엣으로 부르면 화제는 되겠네."

공호가 노래방 기기에 숫자를 입력하자 잠시 후 전주가 흘러나왔다. 나는 마이크를 꼭 쥔 채 노래가 시작되기를 기다렸다. 간신히 가사를 따라 부르긴 했는데 내가 들어도 염불인지 주기도문인지 분간이 가지 않았다.

공호는 자기가 오디션 프로그램 심사위원이라도 된 듯 심각한 표정으로 말했다.

"제 점수는요, 십 점 만점에 일 점입니다."

공호는 다양한 종류의 노래들을 나한테 추천했다. 트로트 같은 뽕짝, 소울풍의 발라드, 나중에는 록까지. 하지만 내 성대는 어느 노래도 소화해 내지 못했다. 기대도 안 했지만 역시 내 노래 실력은 수준 이하였다.

조용해진 노래방에 여자 노랫소리가 들렸다.

공호는 나를 포기했는지 아예 마이크를 독점해서 혼자 놀기 시작했다. '낭만고양이' '말 달리자' 같은 노래를 방방 뛰며 불렀다. 삼십 분이 훌쩍 지나고 서비스로 넣어 준 삼십 분도 지났다. 이제 노래방에서 나갈 수 있겠구나 하고 안심하고 있을 때, 노래방 기기에 '30'이라는 숫자가 깜빡였다. 졸던 아저씨는 계속 조시지. 노래방 기기의 남은 시간이 0에 가까워질 때 느껴지던 공기의 상쾌함은 사라지고 30으로 올라가자 다시 멍해지는 느낌이었다. 이 노래방 몇 시까지 영업하더라? 이러다 내일 새벽까지 계속 넣어줄 것 같았다. 무한대의 서비스! 공호가 이렇게 후진 노래방으로 나를 끌고 온 이유가 여기에 있었다.

공기가 탁한 노래방에 한 시간 넘게 있었더니 목구멍이 따끔거렸다. 물도 마실 겸 화장실도 갈 겸 밖으로 나왔다.

볼일을 다 보고, 공호가 있는 방을 찾던 나는 어디선가 들려오는 노랫소리에 멈칫했다. 룸에 있을 때에는 잘 들리지 않았으나 밖에서 들으니 분명하게 들렸다. 감성을 울리는 여자의 노랫소리가.

나도 모르게 노랫소리를 따라갔다. 그리고 문 옆에 서서 귀를 기울였다. 뭐라고 표현을 할 수 없을 만큼 묘한 매력을 풍기는 목소리. 중저음의 허스키한 목소리가 호두처럼 단단했다. 중저음에 강하면 고음에 약한데 고음 부분도 중저음처럼 자연스럽게 올라갔다. 〈전국 노래자랑〉만 십삼 년을 시청한 내 귀로 듣기에 한두 번 불러 본 솜씨가 아니다.

하지만 더 놀라운 건 노래에서 소울이 느껴진다는 것이다. 내가 할머니한테 주장했던 바로 그 소울. 노래를 아무리 잘해도 노래에 영혼이 담겨 있지 않으면 감동을 줄 수가 없는데, 저 노래에는 영혼이 담겨 있다. 뭐랄까. 깊고 깊은 심연에서 끌어올린 듯한, 창자를 토막토막 끊어 놓을 듯한 애절함 같은 것이.

노래가 끝나고 잠시 침묵이 흘렀다. 노래방이 물속에 잠긴 듯 조용했다. 나는 숨죽이고 기다렸다. 잠시 후, 전주가 흘러나왔다. 이번에도 모르는 노래다. 목소리 자체가 굉장히 독특했다. 한 번 들으면 질리는 목소리가 있는데 이 목소리는 들으면 들을수록 더 듣고 싶어진다. 노래 부르는 사람이 궁금했다. 나이는 몇 살이나 됐을까? 어떻게 생겼을까? 플라스틱 창 너머를 슬며시 들여다보았다.

룸 안에는 여자 혼자 화면을 바라보며 노래를 하고 있었다. 화려한 불빛 때문에 자세히 보이지는 않았지만 분명 교복을 입은 모습이었다. 투명 인간이 되어 룸 안으로 들어가고 싶다고 생각하는 그 순간, 노래가 끝나고 점수가 나오면서 룸 안은 순식간에 밝아졌다. 그리고 그 짧은 순간 나는 그 여학생이 우리 학교 교복을 입고 있다는 사실을 확인할 수 있었다.

갑자기 심장이 두근거린다. 그런데 누굴까? 혼자 노래방에 온 이 용감한 여학생은? 뒷모습이 익숙하다.

점수를 확인한 여학생은 무언가를 찾으며 살짝 고개를 돌렸다. 그 아이가 고개를 돌리는 것과 동시에 나 역시 재빨리 몸을 숨겼다. 벽에 몸을 딱 붙이고 서서 뛰는 심장을 손으로 가만히 눌렀다. 그 아이가 고개를 돌리는 것과 내가 몸을 돌리는 것이 어쩌면 똑같은 순간에 일어난 일이라 그 아이는 나를 보지 못했을 수도 있다. 하지만 나는 분명히 봤다.

조미미를!

다시 우리 룸으로 돌아오니 공호는 숨을 헐떡이며 소파에 앉아 있었다. 얼굴에는 땀이 줄줄 흐르고 있었다.

"똥 싸고 왔냐? 왜 이렇게 늦게 왔어?"

공호의 말이 웅웅 울리는 느낌이었다. 대신 노랫소리가 귓가에 울리고, 뒤돌아보던 조미미의 옆모습이 생생히 떠올랐다.

공호가 내 어깨를 툭 쳤다. 아무런 감각이 없었다.

"야, 너 왜 그래?"

공호가 두 손으로 내 뺨을 가볍게 탁탁 쳤다.

"화장실에서 귀신 봤어?"

그제야 공호의 얼굴이 보였다. 그런데 공호 얼굴에 조미미의 얼굴이 겹쳐 보였다. 나는 머리를 세차게 흔들었다. 그제야 공호 얼굴에서 조미미 얼굴이 떨어져 나갔다.

"노래 더 안 해?"

공호는 다리를 길게 쭉 뻗어 탁자에 올려두며 귀찮은 듯 말했다.

"고만할란다. 혼자 하니까 재미도 없고, 감동도 없고."

노래방 기기는 아직 20분이 남았다고 깜빡깜빡한다.

"그럼 나가자."

"가만. 저 노래."

공호가 밖에서 들려오는 노랫소리에 관심을 기울였다. 이번에도 모르는 노래였다. 하지만 역시 허스키하고 중저음의 흐느끼는 듯한 목소리는 그대로이다.

"목소리 죽이는데? 누군지 보러 가자."

공호가 보이지 않는 소리의 줄을 잡아당길 기세로 문 쪽으로 걸어갔다. 소리의 끈은 복도를 지나 7번 룸으로 연결돼 있고, 그 끈의 끝에는 조미미가 있다. 잡혀선 안 돼. 갑자기 마음속에서 그런 생각이 들었다.

"배고프다. 뭐 먹으러 가자. 내가 오늘은 풀코스로 쏠게."

나는 문을 열고 나가는 공호의 팔목을 잡았다. 목소리의 주인공에 무한한 관심을 보이던 공호는 무언가를 먹자는 말에 고개를 홱 돌렸다.

"그치? 마침 나도 그 생각을 하고 있었는데. 떡볶이 어때? 떡볶이

53

국물에 튀김을 묻혀서 먹으면 죽음인데."

"좋아."

복도에 나가자 노랫소리는 더 크게 들려왔다. 공호가 노랫소리에 이끌리듯 가는 것을 홱 잡아끌었다. 왜 그랬는지 나도 모르겠다. 방금 전 엄청난 비밀을 알아 버렸는데, 그걸 누구에게도 들키기 싫었던 것 같다. 심지어 아주 아주 절친인 공호에게라도.

노래방을 나오면서 공호가 충격적인 말을 했다.

"형민아. 나 아무래도 〈전국노래자랑〉에 참가해야겠다."

놀라서 보고 있는 나를 향해 공호가 직격탄을 날렸다.

"아무래도 내 몸속에 가수의 본능이 숨어 있었던 거 같아."

사실 오늘 본 공호는 확실히 내가 알던 공호와는 달랐다. 쉴 새 없이 노래하고, 쉴 새 없이 춤을 췄다. 초등학교 때부터 지금까지 친구로 지내왔지만 한 번도 공호가 그렇게 열정적으로 가무를 즐기는 걸 본 적이 없었는데 의외였다. 그렇다고 가수의 본능을 운운할 만한 실력은 전혀 아닌데.

"인기상 하나 타서 전 세계에 내 존재를 알리고 싶다."

말은 그렇게 했지만 떡볶이가 나오자 공호는 언제 그런 말을 했냐는 듯 떡볶이와 떡볶이 양념에 버무려진 튀김 한 접시를 폭풍 흡입했다. 떡볶이와 튀김을 다 먹고 나서는 아예 〈전국노래자랑〉 얘기는 꺼내지도 않았다.

평소 같았으면 서로 먹으려고 아우성을 쳤을 텐데 나는 공호에게 내 몫까지 양보했다. 별로 입맛이 없었다. 이상하게도…….

미, 미, 미 자로
끝나는 말은?

  미미. 어쩐지 고양이에게나 어울릴 것 같은 이름이다. 왜 조미미 부모는 하필 딸 이름을 '미미'라고 지었을까? 모르긴 몰라도 초등학교 때 이름 때문에 엄청 놀림을 당했을 거다. "야, 미미. 우리 집 미미 인형은 예쁜데 넌 왜 그 모양이냐?" "야옹, 미미, 이리 와. 생선 줄게." "미, 미, 미 자로 끝나는 말은?" 등 미미를 놀렸을 수많은 말들이 귓가에 맴돌았다.
  중학교 때 우리 반에 '김미녀'라는 이름을 가진 여자아이가 있었다. 이름은 미녀인데 생긴 건 전형적인 추녀였다. 들창코에 단추 구멍 같은 작은 눈, 두툼한 입술, 통통한 몸매를 가진. 학기 초 새로 오신 선생님들이 출석을 부를 때마다 김미녀는 기어들어가는 목소리로 간신히 대답했다. 그래서 꼭 선생님들이 그 아이의 이름을 두 번 불렀다. 두 번째로 이름을 부르고 나서 선생님들은 꼭 김미녀 얼굴을 봤다. 그러고는 피식 웃었다. 이름을 '미녀'로 짓지나 말든지, 아니면 진짜 미녀로 낳아 주든지. 이름을 얼굴과 전혀 어울리지 않게 지어 놨으니 제3자가 봐도 정말 안타까운데 본인은 얼마나 싫었을까? 그런 이유 때문인지는 몰라도 김미녀의 표정은 늘 어두웠다. 친구도 없었다. 삼 년 내내 김미녀가 누군가와 같이 다니는 것을 보지 못했다.

어쩌면 조미미가 왕따가 된 건 이름 탓도 있지 않을까 생각했다.

노래방에서 혼자 노래를 부르는 조미미를 본 다음 날, 내 눈은 내 의지와는 상관없이 자꾸만 조미미에게로 향했다. 어쩔 수 없었다. 내 눈은 자꾸 조미미를 찾기 위해 사방으로 힐끔거렸다. 심지어 조미미가 자리에 없으면 온 교실을 둘러보며 찾기까지 했다.

그렇다고 조미미가 마음에 드는 건 아니다. 나는 밝은 성격을 가진 귀여운 여자가 좋다. 저렇게 주변에 음침한 기운이 휘감겨 있는 아이는 딱 질색이다.

조미미가 신경 쓰인 건, 단지 조미미 노래 때문이다. 누군가의 노래에 매료되긴 처음이다. 아무리 노래를 잘하는 가수의 노래를 들어도 아무런 느낌도 없었는데 조미미 노래는 그렇지 않았다. 조미미의 노래가 내 마음속, 단단하게 봉인된 어떤 감정을 건드린 것 같았다. 그게 뭔지 모르겠지만 아무튼 뭔가 느껴졌다. 아직도 내 귀에는 그날 조미미가 부르던 노래가 맴돈다. 영혼이 담겨 있는 듯한, 그 짙고 허스키한 목소리가.

잘했군 잘했어

"잘했군 잘했어가 뭐야?"

"뭐긴 뭐야. 노래지."

할머니가 〈전국노래자랑〉에 나갈 노래를 정했다고 일방적으로 통보했다. '잘했군 잘했어'. 처음에는 그게 노래 제목인지 몰라서 어리둥절했다.

할머니는 그 노래가 고봉산과 하춘화가 듀엣으로 부른 노래라면서 노래까지 불러 주었다.

영감
왜 불러
뒤뜰에 뛰어놀던 병아리 한 쌍을 보았소
보았지

어쨌소
이 몸이 늙어서 몸보신하려고 먹었지
잘했군 잘했어 잘했군 잘했군 잘했어
그러게 내 영감이라지

마누라
왜 그래요
외양간 매어 놓은 얼룩이 황소를 보았나
보았죠
어쨌나
친정집 오라버니 장가들 밑천으로 주었지
잘했군 잘했어 잘했군 잘했군 잘했어
그러게 내 마누라지

  할머니는 영감 파트에서는 굵은 목소리로 영감 흉내를 냈고, 마누라 파트에서는 간드러진 목소리로 마누라 흉내를 냈다. 할머니에게 저런 개그 본능이 숨어 있는 줄 몰랐다. 할머니가 부른 노래를 듣고 보니, 그제야 어디선가 들었던 노래 같기도 했다.
  "우리가 이거 부르면 대박이겠지?"
  할머니답지 않게 '대박'이라는 단어를 써서 또 웃었다. 확실히 요즘 할머니는 생기가 돌았다. 종일 〈전국노래자랑〉 생각만 하는 것 같았다.

할머니는 어떤 노래를 불러야 본심에 올라갈까 생각하고 또 생각했다고 한다. 할머니처럼 〈전국노래자랑〉 팬인 시장 사람들은 할머니의 고민을 함께 들어 주고 조언도 해 주었다.

특히 나서기 좋아하는 닭집 아저씨는 〈전국노래자랑〉에는 〈전국노래자랑〉용 노래가 있다며 그동안 참가자들이 불렀던 노래의 순위를 정리해 주었다.

가장 많이 불렀던 노래는 '무조건'이라고 한다. 언젠가 1박 2일에서 강호동과 그 일행들이 〈전국노래자랑〉 무대에 올라가 춤을 추며 불렀던 바로 그 노래. 그리고 '곤드레만드레'나 '자기야'도 〈전국노래자랑〉에서 많이 부른 노래라고.

여러 노래를 놓고 고심하던 할머니는 결국 한복집 아줌마가 추천한 '잘했군 잘했어'를 부르기로 결정했다. 할머니는 둘이서 부르기에는 이 노래가 안성맞춤이라고 말했지만 내가 보기엔 이 노래를 부르면 여자 한복, 남자 한복을 찬조해 주겠다는 한복집 아주머니의 제안에 솔깃한 것 같다.

할머니는 반찬 가게로 돌아와 그때부터 '잘했군 잘했어'를 흥얼거리기 시작했다고 한다. 손님이 "할머니 콩자반하고 마늘종장아찌 좀 담아 주세요." 하면 비닐봉지에 콩자반과 마늘종장아찌를 담으며 "잘했군 잘했어, 그러게 내 손님이라지." 하고 노래를 부르고, 손님이 "여기 깻잎장아찌하고 멸치볶음 주세요." 하면 비닐봉지에 깻잎장아찌와 멸치볶음을 담으며 또 "잘했군 잘했어, 그러게 내 손님이라지." 하면서 노래를 연습했다나 뭐라나.

"에이, 난 할머니 손잔데 어떻게 마누라, 이렇게 불러?"

나는 어떻게 해서든 이 노래만큼은 피해야겠다고 생각했다. 이 노래를 수많은 사람들 앞에서 부른다니 생각만 해도 끔찍했다.

"가사를 바꿔 부르면 되지. 난 너한테 영감 대신 손자, 이렇게 부르고 넌 나한테 마누라 대신 할머니, 이렇게."

그렇게 말하면서 할머니는 또 개사까지 해서 노래를 불렀다. 그건 더 웃긴다. 차라리 나더러 종로 한가운데서 스트립쇼를 하라고 하지. 하긴 그것도 못하겠지만.

"암튼 난 싫어. 못해."

나는 어린애처럼 떼를 썼다. 할머니는 내가 떼를 쓰거나 말거나 '주사위는 던져졌다'고 말한 카이사르처럼 종이 한 장을 내밀었다.

종이에는 맞춤법도 안 맞고 삐뚤삐뚤하게 쓴 '잘했군 잘했어' 가사가 적혀 있었다.

> ~~영감~~ 손자
> 외 부러. 뒤뜨레 띠어놀던 병아리 한 쌍을 보앗소.
> 보앗지. 어째쏘. 이모미 늘거서 몸보신 하려고 머거찌.
> 잘했군 잘햇어. 그러지 내 손자라지.

할머니는 '영감'이라는 단어에 엑스 자를 치고 그 위에 '손자'라고 적었다.

> 할머니
> ~~마누라~~. 외 불러요. 왜양간 메어논 얼룩이 황소를 보았소.
> 보았지요. 어쨌소. 친정집 오라버니 장가들 이천으로 주었지.
> 잘했군 잘했어. 그러게 내 할머니지.

역시 2절에도 '마누라'에는 엑스 자를 치고 그 위에 '할머니'라고 적었다.

할머니가 1절을 부르더니 나보고 2절을 부르라고 했다. 아, 도저히 못하겠다.

"싫어. 안 해."

일어나 방으로 들어가려는데 할머니가 말했다.

"나한테 피붙이가 너 말고 또 누가 있냐?"

망치가 뒷머리를 한 대 후려친 것처럼 뒤통수가 멍했다. 할머니와 십삼 년을 함께 살았다. 다섯 살 이전에 있었던 일, 그러니까 엄마가 나를 할머니 집에 두고 간 그날 한 장면만 빼고는 그 이전의 일들이 전혀 기억나지 않으니까 나에게는 할머니와 산 게 내 인생 전부인 셈이다.

할머니는 내 초등학교 입학식 때도 오고, 중학교 졸업식 때도 왔다. 학부모 총회 때도 오고, 운동회 때는 어김없이 김밥과 통닭을 싸 들고 왔다. 유치원 때 아이들은 "너네 엄마는 왜 이렇게 늙었냐?" 하면서 놀렸지만 나는 전혀 화나지 않았다. 왜냐하면 할머니는 우리 엄마가 아니라 할머니니까. 할머니가 늙은 건 당연한 거니까.

나한테도 할머니밖에 없다. 나한테는 엄마도 없고, 아빠도 없고, 동생도 없고, 형도 없다. 물론 아직 결혼할 나이는 아니니까 아직 마누라도 없다. 하지만 가족의 필요성을 느껴본 적 역시 한 번도 없다. 초등학교 때쯤 가족이 그리웠던 적이 있었다. 남들은 다 있는 가족이 나한테는 없으니까, 단지 그 이유 때문이었을 것이다. 하지만 언제부턴가 가족이란 게 살아가는 데 그다지 필요하지 않다고 생각하게 되어 버렸다. 떼어 내 버려도 생명에 지장이 없는 맹장처럼.
 할머니도 평소에 입버릇처럼 말했다. 자식새끼들 죽어라 키워 놓으면 지들 살겠다고 하지, 어디 늙은 부모 거들떠보는 줄 아냐? 차라리 자식 없는 팔자가 상팔자지, 주위에 자식들한테 효도받고 자식 덕분에 호강하는 노인네는 눈 씻고 찾아봐도 없더라. 오히려 들개들처럼 달려들어 돈이나 뜯어가고 늙고 병들면 짐짝처럼 내다 버릴 궁리나 하지. 그러면서 당신이 혈혈단신인 게 얼마나 다행인지 모른다면서 가슴을 쓸어내리곤 했다.
 그런데 할머니가 '나한테 피붙이가 너 말고 누가 있냐?'라고 말할 때마다 할머니는 나 말고 다른 가족을 그리워하는 것처럼 느껴졌다. 노인들은 대부분 거짓말쟁이들이다. 속마음과 겉마음이 다른.
 할머니가 노랫말이 적힌 종이를 내려다보며 땅이 꺼져라 한숨을 내쉬었다. 이건 무슨 전략이지? 사람의 감성을 손톱 끝으로 살살 건드려서 마침내는 목적을 달성하는 고도의 심리전인가?
 나는 자포자기 심정으로 말했다.
 "아, 해! 하면 되잖아. 하지만 한복은 안 입을 거야. 분장도 안 돼."

참가 신청하러
가는 날

　구민회관 광장에는 사람들이 길게 줄을 서 있었다. 학교를 조퇴하고 부랴부랴 달려왔는데도 내 앞에 백 명은 넘을 것 같은 지원자들이 접수대 앞에서 장사진을 치고 있었다.
　줄을 서 있는 사람들은 각양각색이었다. 두루마기에 갓까지 쓴 할아버지, 곱게 한복을 차려입은 할머니, 아기를 업은 아줌마, 교복을 입은 학생들, 태권도복을 입은 초등학생들, 양복을 입은 아저씨, 트레이닝복 차림의 젊은 남자, 진두 경찰들, 일을 하다 왔는지 안전모를 쓰고 흙이 잔뜩 묻은 작업화를 신은 아저씨. 각 세대와 각 직업군을 대표해서 모인 사람들의 집합체 같았다.
　결국 나는 할머니가 정한 노래 '잘했군 잘했어'를 부르기로 했다. 공호가 노래방까지 데리고 가서 수십 곡이나 불러 줬고, 나도 나름대로 열심히 고민해 봤지만 그건 모두 헛수고였다. 할머니를 위해

한순간의 쪽팔림을 감수하자고 결심하고 나니까 무슨 노래를 부르든 상관없다고 생각했다.

구민회관 건물 앞에는 구민회관 여직원들이 직접 접수를 받고 있었다. 신청을 끝낸 사람들은 집으로 돌아가지 않고 서로 정보를 교환하느라 광장에 있는 벤치와 화단 주위에 삼삼오오 모여 있었다.

내 앞에 열 명도 채 남지 않았을 때, 뒤에서 한 할머니가 줄을 서지 않고 앞쪽으로 당당하게 걸어갔다. 할머니는 새치기를 하는 게 당연하다는 듯 줄 맨 앞쪽으로 가더니 접수를 했다. 내 바로 앞에 서 있는 빨강 머리의 젊은 여자가 갑자기 흥분한 목소리로 소리쳤다.

"할머니. 새치기하는 법이 어디 있어요? 우린 한 시간이나 이 뙤약볕에 서 있었는데."

접수를 마친 할머니는 유유히 빨강 머리 앞을 지나갔다. 빨강 머리가 꽥 소리를 질렀다.

"이보세요, 할머니이!"

할머니가 휙 뒤돌아보더니 당당하게 말했다.

"내 이름은 할머니가 아니라 김꽃봉이야. 참가번호 398번."

그리고 유유히 사라졌다.

할머니가 가고 나자 빨강 머리가 투덜거렸다.

"김꽃봉? 이름 존나 유치해. 요즘 늙은 것들은 늙은 게 무슨 벼슬인줄 아나 봐. 늙으려면 곱게나 늙을 일이지."

빨강 머리가 씹고 있던 껌을 엄지와 검지로 돌돌 말아 바닥에 톡 튕겨서 버렸다. 그러곤 자기 차례가 되자 생글생글 웃으며 콧소리가 심하게 들어간 목소리로 말했다.

"수고하십니다~. 제 이름은 미나고요~, 부를 노래는 '이유 같지 않은 이유'입니다~."

접수를 받는 여직원이 말했다.

"본명이시죠?"

빨강 머리가 당황한 표정으로 주변을 살펴보더니 작은 목소리로 말했다.

"본명 말해야 하나요? 본명은 전상순이에요."

여직원이 안 들리는지 다시 물었다.

"뭐라고요?"

빨강 머리가 조금 큰 목소리로 말했다.

"전상순이라고요."

빨강 머리의 얼굴이 자기 머리 색깔처럼 빨개졌다.

이윽고 내 차례가 됐다.

"참가자는 방막순, 김형민."

신청서에 코를 박고 열심히 쓰기만 하던 여직원이 고개를 들고 무표정한 얼굴로 물었다.

"곡목은요?"

나는 기어들어가는 목소리로 겨우 말했다.

"잘했군 잘했어."

여직원이 곡목 난에 '잘했군 잘했어'라고 적었다. 쥐구멍이 있으면 숨고 싶었다.

예심 신청을 하고 급하게 구민회관 광장을 빠져나왔다. 줄은 도로까지 길게 이어져 있었다. 사람들은 계속 모여들었다. 저 많은 사람들이 다 경쟁자라고 생각하니까 자신감이 끝이 없는 땅속으로 떨어지는 느낌이었다.

길게 늘어선 줄을 따라서 광장을 빠져나오려는데 줄 맨 끝에 서 있는 사람과 눈이 딱 마주쳤다. 선생님, 분명히 우리 담임선생님이었다. 우리는 동시에 서로를 알아보았다.

"형민아!"

"어? 선생님!"

선생님도 나만큼이나 놀라신 것 같았다. 이 시간에 이런 곳에서 선생님을 만날 거라고는 상상도 못했다.

선생님이 살짝 눈을 흘기며 말했다.

"할머니 심부름이란 게 이거였구나."

오늘 5교시가 끝나고 조퇴 신청을 하려고 교무실로 내려갔다. 선생님이 조퇴 이유를 물었을 때 할머니 심부름을 가야 한다고 둘러댔다. 선생님을 속이는 게 마음에 걸렸지만 어떻게 보면 그건 틀린 말도 아니다. 할머니가 예심 신청하라고 했으니까.

"선생님은 여기 어쩐 일로⋯⋯."

선생님은 잠시 망설이는 듯하다가 밝게 웃으며 대답했다.

"나도 〈전국노래자랑〉에 나가려고."

충격이다. 선생님처럼 고상하고 예쁘고 우아한 사람이 〈전국노래자랑〉에 나간다니. 시를 읊어 주고, 손을 꼭 잡고 '나는 네 편이야,

용기를 내.' 하고 속삭여 주는 나의 천사, 담임선생님이 그런 프로에 나가다니. 선생님과 〈전국노래자랑〉은 킹콩과 미녀처럼 절대 어울리지 않는다. 하지만 선생님은 믿고 싶지 않은 내 마음에 쾅쾅 못을 박았다.

"아무한테도 말하지 마. 예심에서 떨어지면 창피하니까."

아무튼 갑자기 〈전국노래자랑〉이 〈열린음악회〉 수준으로 격상된 느낌이다.

그런데 선생님은 절대 묻지 않았으면 하는 질문을 했다.

"할머니 혼자 나가시는 거야?"

말문이 꽉 막혀 버렸다. 선생님 앞에서 "아니오, 저도 나가요. 우리가 부를 노래는 '잘했군 잘했어'랍니다."라고 말할 수는 없지 않은가. 그건 정말 창피하니까.

그렇다고 거짓말을 할 수도 없었다. 선생님도 나간다면 우리는 틀림없이 예심에서 만나게 된다.

"그게 저……."

대답도 못하고 얼굴만 훅훅 달아올라 있는데 선생님이 미심쩍은 눈빛으로 물었다.

"혹시 너도 같이 나가는 건 아니겠지?"

왜 아니겠어요. 정말 미치고 팔짝 뛰겠습니다, 선생님.

대답도 못하고 있는 사이 줄이 계속 줄어들었다. 나는 선생님 옆에 어정쩡하게 서 있었다. 선생님이 앞으로 몇 발자국 움직이면 나도 따라 몇 발자국을 움직였다.

"뭐 부르실 거예요?"

이제야 공호가 왜 자꾸 뭐 부를 건지 궁금해했는지 이유를 알 것 같았다. 진짜 궁금해서 물어본 건데 선생님은 손가락을 입에 갖다 대며 속삭였다.

"쉿, 아직 비밀."

도무지 선생님이 〈전국노래자랑〉 무대에서 노래를 부른다는 사실이 믿기지 않았다. 하지만 무엇을 상상하든, 내가 상상하는 것, 그 이상이 될 것 같은 예감이 들었다.

선생님과 나 사이에 비밀이 하나 생겼다. 그 생각을 하면 걸으면서도 비실비실 웃음이 나왔다. 어쨌든 우리는 한 가지 비밀을 공유하고 있고, 나중에는 한 무대를 공유하게 될 것이다. 처음으로 〈전국노래자랑〉에 나가게 된 게 기뺐고, 그런 기쁨을 준 할머니한테 고마운 마음까지 들었다.

비밀 하나, 조미미는 미친 가창력의 소유자다

"일단 나한테 고백해 봐."
"뭘?"
"너 누구 좋아하지?"
쉬는 시간, 내 자리로 온 공호가 의심 가득한 얼굴로 물었다.
"너도 눈이 있으면 한번 봐라. 우리 반에 내가 좋아할 만한 여자아이가 있기나 하냐?"
그 말은 사실이다. 우리 반 여자아이들은 하나같이 드세고 억세고 시끄럽고 난폭하다. 아무리 좋아하려고 최면을 걸어도 좋아할 만한 인재가 없다.
주위를 둘러보던 공호가 공감한다는 듯이 고개를 끄덕이다가 금세 미심쩍다는 듯 표정을 싹 바꾸었다.
"그건 그래. 근데 뭔가 수상한 냄새가 난단 말이지."

절친이 좋은 점도 있지만 나쁜 점도 있다. 내 머릿속과 마음속을 다 보고 있다는 거다. 그런데 미안하지만 이번에는 공호가 잘못 짚었다. 내가 누굴 좋아하다니, 말도 안 돼. 나 자신을 좋아하기에도 시간이 부족한데.

"네가 그렇게 생각하는 근거 세 가지만 대 봐."

공호가 곰곰이 생각하더니 말했다.

"첫째, 네 눈빛이 달라졌어. 뭐랄까, 뭔가 텅 비어 있는 것 같기도 하고 뭔가 갈구하는 것 같기도 하고. 암튼 예전하고는 좀 달라. 둘째, 자꾸만 주위를 두리번거려. 그건 이 반에서 누군가를 애타게 찾고 있다는 증거지. 분명히 그 누군가가 움직이는 동선을 따라 움직이는 듯. 셋째, 이건 동물적인 직감이라고나 할까. 내 직감은 한 번도 틀린 적이 없거든."

역시 헛다리계의 거장답게 찍는 것마다 다 틀린다. 시험을 볼 때도 찍은 건 다 틀릴 정도니 말해 무엇하리. 어떻게 그렇게 정답만 비켜 가는지 헛다리 짚는 것도 실력이라면 실력이다.

"내가 그렇게 보이냐?"

"엉."

"넌 너의 직감을 더 믿냐, 아니면 친구의 말을 더 믿냐?"

공호가 자신 없어하는 표정으로 물었다.

"아니냐?"

"아냐. 내가 누굴 좋아하게 되면 제일 먼저 너한테 고백할게. 됐어?"

공호는 그래도 뭔가 꺼림칙한 표정으로 돌아섰다. 공호가 돌아선 그 뒤에 조미미가 앉아 있었다. 내 눈이 자꾸 조미미에게 가는 건 사실이었다. 예리한 공호의 눈빛에 걸릴 정도였으면 아마 대놓고 티를 냈을지도 모른다. 하지만 그렇다고 해서 내가 조미미를 좋아하는 건 결코 아니다. 아주 조금 신경이 쓰일 뿐.

그리고 조미미의 비밀 하나를 알고 있을 뿐.

비밀 하나, 조미미는 미친 가창력의 소유자다.

야자가 없는 수요일이라 시장에 들렀다. 나를 보자마자 시장 사람들은 마치 국회의원이라도 온 것처럼 반색을 했다.

"우리 형민이 왔구나."

"이게 누구야? 인물 좋고 공부 잘하고 효심도 깊은 우리 형민이 아니냐?"

내가 언제 시장 사람들한테 '우리 형민이'가 됐지? 하여튼 시장에만 오면 내 이름 앞에 붙는 수식어가 화려해진다. 내가 가는 길에 화려한 꽃가루라도 뿌려지는 듯한 느낌이다.

정육점 아저씨, 분식집 아줌마, 생선 가게 아저씨. 다들 나를 알아보고 한마디씩 한다. 어색하다 못해 숨고 싶다. 생선 가게 아저씨가 동태 머리를 내려치다 말고 나를 보며 말했다.

"할머니하고 〈전국노래자랑〉 나간다며? 그날 우리 시장 문 닫고 단체로 응원가기로 했다. 잘해라."

동태를 기다리던 중년 아줌마가 나를 힐끔 보더니 고개를 끄덕이며 씩 웃었다. 아, 창피해.

할머니는 반찬 가게 안에 있는 작은 부엌에서 커다란 고무 대야에 열무를 씻고 계셨다. 말이 부엌이지 구석에 수도꼭지 하나 달랑 달려 있을 뿐이다. 할머니는 시장에서 산 재료로 이곳에서 반찬을 만든다. 그래서 가게 바닥에는 늘 물이 흥건하고, 할머니는 사시사철 군청색 장화를 신고 계신다.

커다란 고무대야에는 싱싱한 열무가 가득 쌓여 있었다. 고무장갑도 끼지 않은 맨손으로 열무를 씻어서 바구니에 담는 할머니의 뒷모습을 물끄러미 바라보았다.

꽃무늬 티셔츠가 허리 위로 올라가서 할머니의 허리에서부터 엉덩이 골까지 맨살이 드러났다. 할머니의 맨살은 잘 마른 무말랭이 같았다.

"늙어서 좋은 게 뭔지 아냐?"

언젠가 할머니가 나한테 그렇게 물었다. 늙어서 좋은 게 있나? 아무리 생각해 봐도 없었다.

"뭔데?"

"아무리 부자도, 높은 자리에 있는 양반도, 많이 배운 박사님들도, 양귀비처럼 예뻤던 여자들도 다 나하고 똑같이 나이를 먹는다는 거다."

어이가 없었다. 나이는 원래 누구나 다 똑같이 먹는 거 아닌가?

할머니는 계속 말했다.

"그 사람들은 늙는 게 얼마나 억울하겠냐? 천년만년 살고 싶겠지만 언젠가는 늙어서 죽을 거 아니냐. 하지만 난 억울한 게 없는 인생이니, 그 생각만 하면 늙는 게 아주 통쾌하다."

늙어 가는 게 통쾌하다는 우리 할머니. 하지만 할머니의 말라빠진 허리살은 '늙는 게 서러워.'라고 한탄하는 것 같았다.

할머니는 열무를 다 씻은 뒤, 커다란 고무대야를 번쩍 들어 올렸다. 나는 놀라서 재빨리 할머니에게 다가가 고무대야를 들었다.
"어? 언제 왔냐?"
할머니가 놀란 얼굴로 나를 빤히 쳐다봤다.
"이렇게 무거운 거 들다가 허리 다치면 어쩌려고 그래?"
고무대야를 작업대 위에 올려놓고 고무장갑을 꼈다.
전에도 가끔씩 가게에 나와서 할머니 일을 거들었다. 무거운 채소를 나르고, 고무대야를 들어 올리고, 깍두기나 배추김치를 대신 버무려 주었다. 시장 사람들은 열 아들 부럽지 않은 손자라고 나를 치켜세웠다. 칭찬은 고래도 춤추게 한다고 했던가. 어려서부터 시장 사람들 칭찬을 먹고 자란 나는, 고래처럼 춤은 못 춰도 적어도 나쁜 길로 빠지진 않았다.
"집에 가서 공부나 하지 여긴 뭐하러 왔어."
양념에 버무려진 열무김치를 통에 담고 있는데 할머니가 핀잔을 주었다. 하지만 그건 핀잔이 아니라 와 줘서 얼마나 좋은지 모른다라는 말로 들렸다.
할머니에게는 미안하지만 오늘 내가 여기 온 이유가 있었다.

"할머니, 내 친구 공호 알지?"

"알지."

"공호 갖다 주게 남은 반찬 좀 싸 줘."

할머니는 아무것도 묻지 않고 비닐봉지에 반찬을 담기 시작했다. 멸치볶음과 콩자반, 깻잎장아찌, 명란젓, 깍두기와 배추김치, 방금 담은 열무김치까지. 그냥 팔다 남은 것 중에 몇 가지만 싸달라고 했는데도 가장 잘 팔리는 반찬들로만 담았다.

나는 약간 양심의 가책을 느꼈다. 그래도 뭐 내 본심을 안다 해도 할머니는 사실을 말하지 않은 죄로 등짝을 한 대 때리고 크게 웃어 주실 거니까.

반찬을 담으며 할머니가 물었다.

"걔네 엄마는 진짜 거기서 안 온다니?"

공호를 한국으로 보내며, 공호 엄마는 당당한 얼굴로 이렇게 말했다고 한다.

"네가 태어난 후 지금까지 내 인생은 없었어. 하루 이십사 시간 너만을 위해 살았어. 이제 그 정도 했으면 너한테 할 만큼은 다 했다고 생각해. 남은 인생은 네 거니까 네가 알아서 살아. 나도 내 인생 살 거니까."

해줄 만큼 다 해 줬다는 그 말에 공호는 고개를 끄덕였다고 한다. 그건 엄마 말이 옳다고 생각했기 때문이란다. 엄마라는 사람이 자식을 위해 태어난 건 아닐 텐데 자식 때문에 자신의 인생을 포기한다는 것은 말도 안 된다고 생각했다고.

헤어질 때도 두 사람은 웃었다고 한다.

"엄마, 행복하게 잘 살아야 돼."

"너도."

그때 공호 나이 겨우 열세 살이었다. 참으로 쿨한 사람들이다.

할머니가 싸 준 반찬을 들고 반찬 가게를 나오려는데 떡집 아줌마가 말랑말랑해 보이는 인절미 한 접시를 들고 오셨다. 금방 만든 거라면서 이걸 먹으면 〈전국노래자랑〉에 찰싹 붙을 거라고, 열심히 연습해서 우리 봉천 시장의 명예를 드높여 달라고 말했다. 그다음에는 과일 가게 아줌마가 누렇게 뜬 바나나 한 송이를 가져왔다. 과일 가게 아줌마도 〈전국노래자랑〉에 대해서 한마디했다.

"너하고 할머니 어깨에 우리 봉천 시장의 운명이 달려 있어."

할머니는 뭐 이런 걸 다, 하는 표정으로 별로 시큰둥한 반응을 보였지만 속으로는 좋아서 어쩔 줄 몰라 하는 게 느껴졌다. 그걸 어떻게 아냐고? 한 집에서 적어도 십 년 이상 살아 보면 그 사람의 마음까지도 읽을 수 있는 능력이 생긴다. 응원군이 더 들이닥치기 전에 그 자리를 뜨려고 하는데 할머니가 말했다.

"집에 일찍 들어와. 오늘부터 노래 연습하게."

이제부터 모든 시간들은 〈전국노래자랑〉이 열리는 그날을 향해 흘러갈 예정이다.

나한테는
밥이 엄마다

공호네 동네에 들어서면서 자꾸만 주위를 두리번거렸다. 이 골목 저 골목, 이 가게 저 가게, 이 집 저 집. 물론 공호네 집을 찾는 건 아니었다. 내가 찾는 건 바로 조미미다.

지난 번 공호네 집 근처 노래방에서 조미미를 봤다. 그렇다면 조미미 집이 이 근처일 가능성이 크다. 솔직히 공호에게 반찬을 갖다 주러 온 것도 다 핑계다. 조미미를 찾으러 온 거다.

왜냐고?

그렇게 묻는다면 할 말이 없다.

나도 모르니까. 그냥 찾고 싶었다. 단지 그 이유 때문이다. 찾아서 뭐하게? 모르겠다.

하지만 아무리 주위를 두리번거려도 조미미는커녕 미미라는 이름의 길고양이 한 마리 보이지 않았다.

왜 아직 안 오샴?

공호한테 문자가 왔다. 할머니표 반찬을 갖다 주겠다고 했을 때 공호는 '헐, 대박!'이라고 답장을 보냈다. 그 답장을 보고 나서야 깨달았다. 아, 내가 왜 진작 그 생각을 못했지?

공호가 아빠랑 살기 시작하면서부터 어떻게 사는지 전혀 관심을 갖지 않았다. 학교에만 오면 몇 날 며칠 굶은 승냥이처럼 먹을 것만 찾아다니는 공호를 보면서 '집에서 좀 부실하게 먹고 사나 보다.'라고만 생각했다. 조미미를 찾기 위해 핑계를 댄 거였지만 이제 앞으로 종종 공호에게 할머니가 만드신 반찬을 갖다 줘야겠다고 생각했다.

공호 집은 점점 가까워지는데 조미미는 그림자도 보이지 않았다. 가만히 생각해 보니 내가 참 한심했다. 이 동네 사는지도 확실히 모르면서 왜 이래? 도대체 찾아서 어쩌겠다고? 그리고 왜 찾는 건데?

공호가 사는 빌라 앞에 왔을 때, 현관문을 열고 들어가는 여자가 보였다. 그 뒷모습을 보는 순간 몸이 떨렸다. 손톱 끝에서 시작된 미세한 진동이 손가락을 타고 팔목을 지나 팔 전체에 퍼졌다. 그리고 팔을 타고 가슴으로 가서 심장으로 진동을 전달했고, 심장에 모인 진동은 다시 거미줄처럼 퍼진 온몸의 핏줄을 타고 허벅지와 종아리로 그리고 발목에서 발가락으로 전해져 발톱에까지 닿았다. 미세했던 진동이 온몸으로 전달되면서 그 강도가 높아졌다. 내 몸은 내 의지와는 상관없이 제각각 미친 듯이 떨었다. 도무지 떨리는 이유를 알 수가 없었다. 이유라도 알면 이렇게 억울하지나 않을 텐데.

당황스러웠다. 무장해제하고 있다가 갑자기 적에게 공격당한 기분이랄까? 내 팔다리가, 내 심장이, 왜 이러지? 떨지 않으려고 대뇌에 명령을 보냈다. 왜 그래? 진정해. 진정하라구. 쟨 조미미야. 쳐다보기만해도 눈이 썩는다는.

여자가 계단을 올라갔다. 가느다랗고 긴 다리, 어깨까지 내려오는 생머리, 밋밋한 허리. 뒷모습은 분명히 조미미였다.

침을 삼켰다. 목울대를 넘어가는 침이 요란하게 꿀꺽 소리를 냈다. 현관 안으로 고개를 들이밀고 올려다봤다. 계단을 올라가는 여자의 옆얼굴이 살짝 보였다. 고개를 약간 숙인 채 바닥을 보고 걷는 그 여자는, 조미미가 아니었다.

아아, 내 눈에 환각이 보이나? 아니면 환상 속에 들어와 있나? 눈을 비비고, 머리를 흔들었다.

정말 미쳤구나, 너.

이러다 백 살 먹은 할머니도 조미미로 보이겠다. 정신 좀 차리자.

공호한테 또 문자가 왔다.

길 잃어 버렸냐? 왜 안 와?

나는 지하로 내려가는 계단 위에 서서 뛰는 심장을 눌렀다.

내 심장을 내려다보며 물었다. 왜 뛰니? 너……혹시 조미미 좋아하냐? 심장보다 먼저 머리가 대답했다. 아니. 그럴 리가. 이번에는 머리에게 물었다. 근데 왜 심장이 떨리냐? 머리가 대답했다. 그건 심장에게 물어봐야지.

공호 집 현관문이 열렸다.
"너 기다리느라 목 빠지는 줄 알았다."라고 환영사를 하는 공호 어깨 너머로 집 안이 보였다.
집 안은 정말로 끔찍했다. 가정집인지, 쓰레기 처리장인지, 고물상인지 분간할 수 없을 만큼 난장판이었다. 공호가 들어오라고 손짓은 했지만 도대체 어디에 발을 올려놓아야 할지 알 수 없을 만큼 발 디딜 틈이 없었다.
주방 겸 마루인 공간에는 벗어 놓은 옷가지며 과자 봉지, 음료수 병들이 쌓여 있었다. 그런데 벽면을 타고 초록색 빈 소주병이 일렬로 놓여 있었다. 소주병은 마루를 지나 안방으로, 안방을 한 바퀴 돌아 다시 부엌 쪽으로, 부엌을 돌아 작은방 쪽으로 세워져 있는데 마치 도미노 같다. 현관 옆에서 시작된 소주병 하나를 톡 건드리면 온 집 안 벽을 빙 둘러싸고 있는 소주병들을 하나씩 쓰러뜨리고 처음 자신이 있던 자리로 되돌아올 것 같았다.
부엌도 심각했다. 산처럼 쌓여 있는 그릇, 조리 도구, 솥, 냄비, 국자, 숟가락, 젓가락들 그리고 가스레인지 위에 시꺼멓게 들러붙은 때와 말라붙은 음식 찌꺼기들.
"여기로 이사 오고 나서 처음이지? 어서 들어와."
공호는 발로 마루에 쌓여 있는 쓰레기들을 쓱쓱 밀었다. 홍해를 가르듯 쓰레기를 반으로 가르며 공호가 방으로 가는 길을 터 주었다.

공호 방도 심각하기는 마찬가지였다. 가구는 제대로 된 게 없었다. 문짝이 떨어져 나가서 고래 내장처럼 안이 보이는 옷장, 낙서가 빼곡한 플라스틱 어린이용 책상, 그 위에 쌓여 있는 고물 컴퓨터와 책, 방바닥에 깔려 있는 매트리스, 역시 그 위에 쌓여 있는 이불과 옷.

"저기 앉아."

공호가 매트리스 위에 쌓여 있는 이불과 옷을 또 발로 구석으로 밀어 놓은 뒤, 한 사람 앉을 자리를 만들어 주었다. 그곳에 엉거주춤 엉덩이를 붙이고 앉았다.

"그거 반찬이야? 어디 줘 봐."

공호가 내 손에서 비닐봉지를 빼앗아 가다시피 했다. 그러고는 봉지에서 반찬이 들어 있는 봉지를 꺼내 열고 손가락으로 멸치볶음을 집어 먹었다.

"밥은 있냐?"

싱크대와 가스레인지 상태를 봐서 밥이 있을 것 같지는 않았다.

"하면 되지 뭐. 잠깐 기다려 봐. 너도 밥 먹을 거지? 같이 먹자."

공호는 나를 쓰레기더미 한가운데 남겨 놓고 방에서 나갔다.

공호네 집은 방이 네 개나 되는 아주 넓은 아파트였다. 초등학교 3학년 때였다. 공호네 집에 가 보고 이 세상에 이렇게 넓고 좋은 집도 있구나 하고 놀랐었다. 공호네 집은 현관문이 두 개였다. 밖에 있는 현관문을 열고 들어가면 진짜 현관문이 나왔다. 널찍한 거실에는 세련되고 고급스러운 가구들이 꼭 있어야 할 자리에 있었다. 거실 바닥은 반짝반짝 윤이 나는 대리석이었다.

 새하얀 앞치마를 두르고 주방에서 요리를 하던 공호 엄마는 텔레비전 광고 속에 나오는 모델 같았다. 내가 갈 때마다 공호 엄마는 6인용 식탁에 멋스럽게 음식을 차려 줬다. 스테이크, 스파게티, 샤브샤브 등 데커레이션까지 완벽한, 처음 먹어 보는 음식을 앞에 두고 나는 과연 내가 이런 대접을 받을 만한 사람인가를 고민하느라 제대로 먹지도 못했다.

 평생 엄마가 해 주는 밥을 먹어 본 기억이 없는 나로서는 자식을 위해 매일 다른 요리를 하고, 학원에 데려다 주고, 표백제를 넣어 옷을 깨끗이 빨아 주고, 자식에게 무한한 사랑을 쏟는 공호 엄마가 이 세상 사람 같지 않았다.

 그렇다고 부러워하지는 않았다. 어린 마음에도 공호 엄마를 부러워하면 나를 키워 준 할머니에게 죄를 짓는 것만 같았기 때문이다. 엄마가 나에게 주고 간 선물, '너무 일찍 든 철'은 이럴 때 나를 배신하지 않고 찾아왔다.

 그때의 공호네 집과 지금 집은 비교할 수가 없다. 설마 이 정도일 거라고는 상상도 못했는데 생각보다 심각했다.

 부엌으로 나간 공호는 한참 동안 달그락달그락 소리를 내며 뭔가를 했다. 하지만 계속 달그락거리는 소리만 들릴 뿐 물 흐르는 소리나 쌀 씻는 소리는 들리지 않았다. 부엌으로 나가 보니 공호는 싱크대 문이란 문은 다 열어 놓고 뭔가를 찾고 있었다. 밥솥은 마룻바닥에 있고, 냄비는 뒤집힌 채 싱크대 개수대에 있는데 뭘 찾는 거지?

"왜 그래?"

바닥에 털썩 주저앉아 싱크대 안을 들여다보던 공호가 난감한 표정으로 말했다.

"히, 쌀이 없다."

밥솥을 열어 보았다. 이미 밥을 한 지 오래된 것처럼 차갑게 식은 내솥에는 바짝 마른 밥풀만 몇 개 붙어 있었다. 싱크대 안에 있던 그릇과 냄비에도 물기가 없었다. 그런데도 저 바보는 뭐가 좋은지 빈 쌀 봉지를 머리에 쓴 채 헤벌쭉 웃고 있었다.

"이 상황에서 웃음이 나오냐?"

내 한숨이 바닥에 커다란 구멍이라도 뚫을 것처럼 내 귀에도 크게 들렸다.

일단 청소부터 시작했다. 공호는 어차피 어질러질 거 뭐하러 치우냐고 그냥 놔두라고 한사코 말렸지만 도저히 그대로 두고 볼 수가 없었다. 창문과 현관문을 활짝 열어 놓고, 대형 쓰레기봉투에 못 쓰는 물건들을 쓸어 담았다. 방과 마루에 널려 있는 대부분의 물건들이 쓰레기봉투 속으로 들어갔다.

옷은 차곡차곡 개켜서 문짝 달아난 옷장에 넣었고, 매트리스 위에 있던 이불도 하나만 남겨 놓고 모두 옷장 속에 개켜 넣었다. 싱크대를 치울 때는 정말 죽을 맛이었다. 얼마나 오래됐는지 그릇에 말라붙은 음식 찌꺼기는 철수세미로 박박 문질러도 안 닦였다. 일단 물에 불려 놓고 화장실을 청소했다. 화장실 변기는 처음부터 갈색이었던 것처럼 찌든 때가 끼어 있었다. 대야에 락스를 풀어 솔로 타일과 변기를 닦았다. 누렇던 타일이 '내가 원래 하얀색이었나?' 하고 놀랄 정도로 하얗게 빛났다.

공호는 내 뒤를 졸졸 따라다니며, "우와, 장가가면 잘 살겠다." "우와, 너 나랑 파출부 사업하자." 하고 감탄사를 쏟아냈다.

집에서 할머니와 나는 철저히 분담해서 집안일을 했다. 화장실 청소와 집 안 청소, 설거지는 내 몫이었다. 할머니는 온종일 시장에서 장사를 하기 때문에 집안일까지 하기에는 힘에 부쳤다. 그래서 나는 어려서부터 집안일을 했다. 그게 당연하다고 생각했다.

청소를 다 끝내고 나니까 벽면을 빙 둘러 늘어서 있던 소주병이 더 잘 보였다. 그리고 보니 소주병들의 퍼포먼스 같았다.

"저건 뭐냐? 일부러 저렇게 해 놓은 거야?"

공호가 술병들을 보며 말했다.

"밤마다 아빠가 소주 두 병씩 마셔. 아빠 목표는 소주병으로 지구를 한 바퀴 둘러싸는 거야."

'걸어서 지구 한 바퀴'라는 말은 들어 봤어도 '소주병으로 지구 한 바퀴'라는 말은 처음이다.

"우리 저거 팔아서 쌀 사자."

"저걸?"

공호가 미심쩍은 표정으로 일렬로 늘어선 소주병들을 바라보았다.

"진짜로 소주병으로 지구 한 바퀴 돌 것도 아니면서 집 안에 저렇게 늘어놓고 있는 건 최소의 공간을 최대로 사용하는 공간 활용 효

율의 법칙에도 어긋나."

정체불명의 학설을 늘어놓은 덕분에 간신히 공호의 허락을 받고 소주병을 팔기로 했다.

소주병을 큰 자루에 담고 마트에서 카트를 빌려와 자루를 실어 마트까지 날랐다. 마트까지 열 번 정도는 왔다 갔다 한 것 같다. 소주병을 다 팔아 구천오백육십 원을 받았다. 우리 두 사람이 마트까지 나른 인건비도 안 나왔지만 어쨌든 돈을 조금 더 보태서 쌀 한 봉지를 샀다.

소주병들이 빠져나간 공호네 집은 훨씬 더 넓어 보였다. 집에 들어서며 공호는 "이런 공설운동장을 봤나." 하고 놀랐다.

공호가 쌀을 안치고 나는 상을 차렸다. 밥솥에서 밥 냄새가 솔솔 풍기자 공호는 천만년 만에 맡아 보는 '집 밥' 냄새라며 눈물이라도 쏟을 기세로 김이 뿜어져 나오는 밥솥을 바라보았다.

"공호야."

밥이 되기를 기다리는 동안, 우리는 밥상 앞에 우두커니 앉아 있었다. 공호는 밥이 다 될 때를 기다리지 못하고 상 위에 차려 놓은 콩자반과 멸치볶음을 계속 집어 먹었다.

"왜?"

콩자반을 씹으며 공호가 나를 보았다. '너 혹시 이 동네에서 조미미 봤나?' 하고 물으면 된다. 입속에서 그 말이 맴돌았다.

"아니다, 아무것도."

"왜?"

"아니라니까?"

"뭐 할 말 있어?"

나는 다시 마음을 가다듬었다.

"공호야."

"왜 또?"

"엄마 안 보고 싶냐?"

공호가 피식 웃었다.

"내가 어린애냐? 엄마가 보고 싶게."

하긴 우리 나이가 엄마 보고 싶을 나이는 아니지. 어떻게 하면 엄마한테서 벗어날까 고민하는 나이라면 모를까.

밥통에서 쉬익, 쉭 소리가 나더니 구수한 밥 냄새가 났다. 공호는 심하게 코를 벌름거리며 밥 냄새를 맡았다.

"나한테는 밥이 엄마다. 빨리 먹자."

밥통에서 '취사 완료' 소리가 나오지 않았는데도 공호는 빈 밥그릇을 들고 밥통 앞으로 가서 대기하고 있었다.

보고 있어도
보고 싶다

교실에 때 아닌 〈전국노래자랑〉 열풍이 불었다. 누가 소문을 냈는지 내가 〈전국노래자랑〉에 나간다는 소문이 쫙 퍼졌다. 공호 짓은 아니라고 믿고 싶다. 그날 〈전국노래자랑〉 예심 신청하는 곳에는 우리 학교 교복을 입은 애들도 많았다. 여러 명 그룹을 지어 단체로 신청한 애들도 있었고, 국내 유수의 기획사에서 연습생으로 있는 우리 학교 전속 가수 박미경도 신청했으니까.

담임선생님이 신청했다는 소문도 퍼졌다. 선생님이 교실에 들어왔을 때 아이들은 마치 유명 연예인이라도 맞이하듯 일제히 함성을 지르며 담임선생님의 이름을 연호했다.

"조용조용. 나 거기 나가는 거 국가 기밀인데 어떻게 알았어?"

선생님이 나를 보았다. '혹시 네가 소문냈니?' 하는 표정으로. 나는 억울하다는 듯이 어깨를 으쓱해 보이며 고개를 저었다.

아이들은 어떤 노래를 부를 거냐고 캐물었고, 선생님은 그거야말로 국가 기밀이라면서 대답을 회피했다. 아이들은 선생님이 나가면 플래카드를 들고 응원갈 거라고 했고, 플래카드에 어떤 내용을 적을 거냐고 묻는 선생님에게 그건 국가 기밀이라고 응대했다.

보고 있어도, 보고 싶다.
나는 그 말을 이해할 수 없었다. 보고 있는데 왜 보고 싶다는 거야. 도대체가 말이 안 되잖아. 하지만 지금 이 시간 조미미를 원 없이 보고 있으면서도 마음속에서는 끊임없이 '보고 싶다'라는 말이 메아리쳤다. 보고 있다는 것은 물리적인 시선을 의미하는 것이고, 보고 싶다는 것은 '너에게 좀 더 가까이 가고 싶다', '너와 좀 더 친해지고 싶다', 그런 의미가 아닐까 스스로에게 말했다.
조미미는 좀처럼 움직이는 법이 없었다. 다른 여자아이들은 선생님이 "이만." 하기도 전에 교실을 뛰쳐나갈 준비를 했고 쉬는 시간이면 교실 안을 마구 휘젓고 돌아다니거나 복도를 뛰어다녔다. 혼자 다니는 애들은 거의 없었다. 언제나 둘이거나 셋이거나 여럿이었다.
하지만 조미미는 늘 혼자였다. 조미미 근처에는 아무도 없었다. 자리에서 잘 일어나지도 않았다. 일어날 때는 하루에 딱 두 번. 둘째 시간이 끝나고 화장실 갈 때와 넷째 시간이 끝나고 급식실로 내려갈 때.
혼자 앉아 있을 때 조미미는 섬 같았다. 교실 안은 아이들이 떠드는 소리로 시끄러웠지만, 조미미 주변만큼은 조용하게 느껴졌다. 조미미를 둘러싸고 있는 공기의 막이 외부의 시끄러운 소리들을 차단하고 조미미를 무음의 공간 안에 가둬 두는 것 같았다.

조미미는 쉬는 시간이면 늘 이어폰을 귀에 꽂고 있었다. 음악을 듣는 것 같았다. 나는 조미미가 어떤 음악을 듣는지 궁금했다. 우리 나라 가수가 부르는 노래를 듣는지, 팝송을 듣는지, 클래식을 듣는지.

조미미가 어떤 가수를 좋아하는지도 궁금했다. 발라드 가수를 좋아하는지, 소울풍 가수를 좋아하는지. 록이나 힙합은 좋아할 것 같지 않았다. 조용하고 서정성이 짙은 노래를 좋아할 것 같았다.

조미미가 어떤 음식을 좋아하는지도 궁금했다. 그래서 급식실에서 조미미 근처에 앉아 조미미가 즐겨 먹는 반찬을 눈여겨봤다. 조미미는 고기보다는 채소를 좋아했다. 특별히 음식은 가리지 않고 잘 먹었는데 콩은 먹지 않았다. 콩밥이 나왔을 때 콩을 모조리 골라내는 걸 봤다. 미역국이 나올 때는 다른 날보다 국을 더 많이 담는 것으로 봐서 미역국을 좋아하는 것 같았다.

조미미가 어떤 과목을 좋아하는지도 궁금했다. 노래를 잘하니까 음악 시간을 가장 좋아할 거라고 짐작했지만 불행하게도 우리는 음악 시간이 없다. 운동 신경은 발달되지 않았는지 체육은 정말 못했다. 수업 시간에 유심히 살펴본 결과, 특별히 좋아하는 과목은 없는 것 같았다. 수업 시간에 졸거나 몰래 딴 짓을 하지는 않았지만 그렇다고 집중하는 거 같지도 않았다.

조미미는 어떤 샴푸를 쓸까? 옆으로 슬쩍 지나가면서 냄새를 맡았다. 머리에서 라일락 냄새가 났다.

글씨체는 어떨까? 슬쩍 지나가다 책상 위에 펼쳐진 공책을 봤다. 공책에는 아무것도 적혀 있지 않았다.

내 눈은 날마다 조미미를 훔쳐보고, 내 머리는 날마다 조미미의 모든 것을 궁금해하고, 내 심장은 날마다 조미미 때문에 뛰는 것 같았다. 가끔은 그러는 내가 한심했다. 그렇다고 조미미가 마음에 드는 것도 아니고 사귀고 싶은 마음도 없는데 왜 이렇게 궁금해할까?

어느 날 내 심장이 머리에게 물었다.

'너 조미미 좋아하니?'

내 머리가 얼른 대답했다.

'아니.'

그래서 결심했다.

신경 끄기로.

비밀 둘, 조미미는 공호네 위층에 산다

"또 왔냐?"

공호 표정이 영 껄끄럽다. '왜 이렇게 자주 오냐?' 하는 마음이 담겨 있는 표정이다. 자주는 왔다. 일주일에 적어도 세 번은 왔으니까. 그래도 할 수 없다. 내 발이 자꾸만 이곳으로 향하는 걸 어쩌겠냐?

"오늘은 쌀 가져왔다."

나는 쌀이 가득 담긴 비닐봉지를 들어 보였다. 그제야 공호 얼굴이 활짝 펴졌다.

"마침 쌀 떨어졌는데. 잘됐다."

싱크대 위에 쌀을 올려놓았다. 집에 있는 쌀독에서 쌀을 퍼 담으며 마음속으로 할머니한테 용서를 빌었다. 내가 친구에게 쌀을 퍼서 갖다 주는 건 친구를 생각하는 진짜 순수한 마음에서라고, 그러니 부디 용서하시라고.

공호 집으로 오면서 주위를 두리번거리지 않으려고 애썼다. 장난감 병정처럼 앞만 보고 걸었다. 걸으면서 주문을 걸었다. 나는 절대로 어떤 불순한 의도로 공호네 집에 가는 건 아니다. 단지 친구를 위하는 순수한 마음으로 가는 거다. 그러니까 두리번거리지 마. 앞만 보고 똑바로 걸어.

공호네 집에서는 딱히 할 일이 없었다. 고물 컴퓨터는 느려 터져서 게임도 못하고 공호는 요즘 한창 만화에 푹 빠져 있어 나하고 놀아 주지도 않는다. 동네 만화방에서 아르바이트를 하고 가게가 망하는 바람에 돈 대신 받아 온 만화책을 산더미처럼 쌓아 놓고 보고 있다.

나는 또 청소를 하기 시작했다.

누렇게 때가 끼기 시작한 화장실 바닥을 닦고, 구석구석에 쌓여 있는 먼지를 닦고 여기저기 처박혀 있는 쓰레기들을 찾아 치웠다. 마지막으로 창문 틈에 낀 먼지를 닦기 시작했다. 아주 오랫동안 닦지 않았는지 창틀에 먼지가 새까맣게 달라붙어 있었다.

걸레로 창틀에 낀 먼지를 닦고 있는데 어디선가 기타 소리가 들렸다. 통기타였다. 창틀 닦는 것을 멈추고 기타 소리를 들었다. 기타 소리는 위층에서 났다. 곡목은 잘 모르겠지만 아무튼 수준급 솜씨였다.

"기타 진짜 잘 친다."

아무 생각 없이 혼잣말을 했는데, 공호가 만화책에 눈을 박은 채 말했다.

"저거 조미미가 치는 거야. 우리 위층에 조미미 살잖아."

'헐!'

나는 하마터면 들고 있던 걸레를 공호 얼굴에 던질 뻔했다. 공호가 내 얼굴을 안 봐서 다행이다. 만약 봤더라면 얼굴로 날아오는 걸레를 정면으로 맞았을 테니까.

걸레를 집어던지는 대신 무심한 척 대꾸했다.

"그래?"

공호는 만화책을 읽으며 시시덕거렸다.

"몰랐나?"

'알긴 내가 어떻게 아냐? 네가 언제 말해 줬어? 그런 걸 이제 와서 말해 주면 어떡해? 그러고도 네가 내 친구냐? 그동안 갖다 준 반찬하고 쌀이 아깝다. 난 너에게 우정을 줬는데 넌 나에게 기껏 준다는 게 배신이냐? 저 뻔뻔한 얼굴을 보자고 내가 이 굴속 같은 델 뻔질나게 드나든 것도 아닌데. 아우, 성질나.'

부글부글 끓어오르는 성질을 꾹 참으며 아무렇지 않은 척 말했다.

"나야 몰랐지."

나, 아무래도 연기자로 나가야 할 거 같다. 내가 생각해도 감정을 억누르는 연기 한번 끝내준다.

등잔 밑이 어둡다더니, 바로 위층에 조미미가 사는 것도 모르고 지금까지 찾아 헤맸다. 아냐, 이제 신경 끄기로 했는데 알아봤자 무슨 소용이야.

창틀의 먼지를 닦는 건지, 창틀이 걸레에 묻은 먼지를 닦는 건지 모르겠다. 내 손은 그냥 기계적으로 창틀 위를 왔다 갔다 할 뿐이다. 기타 소리는 계속 들려왔다. 기타 선율 속에 조미미의 나지막한 허밍 소리도 실려 있는 것 같다. 깊은 심연에서 끌어올린 듯한 그 단단한 목소리.

어쨌든 나는 조미미의 두 번째 비밀을, 그것도 우연찮게 알아냈다.

비밀 둘, 조미미는 공호네 위층에 산다.
그리고
기타연주도 잘한다.

부끄부끄부끄부끄
부끄러워요

　야자가 없는 날이라 수업이 끝나고 모처럼 아이들하고 운동장에서 공을 찼다. 땀에 흠뻑 젖은 몸을 대충 씻고 교문을 나왔다. 교문 너머로 붉게 물든 저녁노을이 보였다. 저녁노을을 보면 괜스레 마음이 불안해지고 울적해진다. 낮과 밤이 만나는 경계, 개와 늑대의 시간, 그 시간 속에 있으면 집으로 빨리 돌아가야 할 것 같다. 엄마가 밥을 짓고, 된장찌개를 끓이며 기다리고 있는 집. 그 집에 들어가 밥 냄새, 된장찌개 냄새, 엄마 냄새를 맡으면 불안한 마음이 사라질 것 같았다. 왠지 그럴 것 같았다. 하지만 집은 항상 텅 비어 있었으니까 낮과 밤의 경계에 서 있을 때는 더욱 불안하고 울적했다.
　혼자서 교문을 걸어 나오는데 뒤에서 선생님 목소리가 들렸다.
　"김형민, 지금 가니?"
　돌아보니 선생님이 하늘색 원피스에 흰색 샌들을 신고 활짝 웃으며 걸어오고 있었다. 선생님은 희고 매끈한 피부를 갖고 있어서 분홍색, 노란색, 하늘색 같은 밝은 색 옷이 잘 어울린다.

"집이 어디야? 방향 같으면 같이 가자."

선생님과 데이트를? 심장이 덜컥 내려앉았다.

선생님이 가는 방향은 내가 가야 할 방향과 반대였다. 하지만 나는 선생님과 나란히 걸었다.

학교 앞 도로를 벗어나 지하철역 쪽으로 걸어갔다. 우리 집하고는 점점 멀어졌지만 선생님과 이렇게 단둘이 걷는 게 꿈만 같았다. 내 키보다 이십 센티 정도는 작은 선생님은 몸매도 야리야리해서 나이보다 훨씬 어려 보였다. 내가 교복을 입지 않고 사복을 입었으면 연인으로 보는 사람들도 있겠지? 그런 생각을 하자 쇼윈도 안에 마네킹이 입고 있는 양복을 빼앗아 입고 싶어졌다.

지하철역까지 걸어가는 동안 선생님은 요즘 고민은 없는지, 어떻게 지내는지, 할머니는 건강하신지 이것저것 세심하게 물었다. 나는 솔직하게 대답했다. 선생님 앞에서는 말하고 싶지 않은 것들도 술술 나오게 된다. 선생님은 수줍게 웃으며 말했다.

"널 보면 정말 대견해. 너에 비하면 난 아직 철부지야."

지하철역 입구에 도착하자 선생님이 뭔가 생각난 듯 말했다.

"잠깐만. 우리 〈전국노래자랑〉에 나가서 부를 노래 연습하고 갈래?"

노래 연습? 당황해서 대답도 못하고 서 있는데 선생님이 길 옆에 있는 노래방을 가리켰다.

"저기서 딱 삼십 분만 하고 가자. 오케이?"

선생님이 부를 노래 제목을 알았다. '부끄부끄'. 쌍둥이 자매 '윙크'가 부른 이 노래는 〈전국노래자랑〉 출연자들이 아주 많이 선택하는 노래다. 이 노래를 부른 가수 '윙크'도 자주 초대 가수로 출연했다. '부끄부끄'는 율동을 곁들여 가면서 깜찍하고 발랄하게 불러야 제 맛인데.

"선생님이 정말 이 노랠 부르신다고요?"

믿을 수가 없었다. 시를 좋아하시는 선생님이, 게다가 지성미까지 갖춘 우리 선생님이 하필이면 이 노래를 부른다니.

"왜? 난 이 노래 부르면 안 되니?"

"아, 아니. 그게 아니라. 좀 의외라서요."

하긴 선생님 같은 사람이 그런 노래를 부르는 게 이상하다고 생각하는 것도 내 지독한 편견일지 모른다. 선생님은 노래방 입력 기기에 바로 숫자를 입력했다. 번호를 외우실 정도로 많이 불러 본 것이 분명했다.

전주가 나오자 선생님이 춤을 추기 시작했다. 허리를 살랑살랑 흔들고, 두 팔을 앞으로 뻗어 흔들었다. 머리도 좌우로 흔들었다. 윤기 나는 머리가 어깨 위에서 찰랑거렸다.

전주가 끝나고 노래가 시작되었다. 선생님은 가벼운 율동을 하며 노래를 부르기 시작했다.

부끄부끄부끄부끄 부끄러워요

부끄부끄부끄부끄부끄 허니허니.

   선생님의 노래실력은 글쎄? 이 상태로 〈전국노래자랑〉에 나간다면 아마도 예심 탈락일 텐데. 내가 심사위원이 아닌 이상 분명 탈락일 텐데…….
   "한 번만 더 할게."
   노래가 끝나자 선생님은 또다시 같은 번호를 입력했다. 그리고 이번에는 좀 더 과감하게 춤을 추기 시작했다. 비좁은 노래방 안에 '부끄'라는 단어가 음표를 타고 둥둥 떠다니는 것 같았다. 선생님은 소녀처럼 부끄러워하는 표정을 지으면서도 정말 열심히 노래를 부르고 춤을 췄다. 선생님은 그 노래를 연속으로 세 번이나 부르고 나서야 소파에 앉았다.
   "어때? 내 노래 형편없지?"
   "아니, 좋았어요."
   선생님은 열기로 붉어진 얼굴을 식히느라 손부채로 얼굴을 부쳤다.
   선생님을 좋아하는 내 마음은 뭘까? 한동안 그 문제로 심각하게 고민했던 적이 있었다. 내가 선생님을 여자루 좋아하는 걸까? 내 속에서 수없이 그런 질문을 던졌다. 하지만 수업 시간 시를 읊고 있는 선생님, 따뜻한 미소를 지으며 "요즘은 어떠니?"라고 묻는 선생님을 보면 고민이 말끔히 사라졌다. 선생님은 좋은 사람, 선생님은 따뜻한 사람, 선생님은 여자가 아니라 선생님이다, 그렇게 내 감정을 훈련시켰다.

그렇다면 조미미는?

"이제 형민이가 불러 봐. 노래 제목이 뭐야?"

선생님은 갑자기 마이크를 나에게 내밀고, 번호를 눌러 주겠다는 듯 리모컨을 들었다.

선생님 앞에서 '잘했군 잘했어'를 부를 수는 없었다. 나중에 내가 무슨 노래를 부를지 선생님이 알게 되더라도 지금은 아니다.

지금 이 순간 생각나는 노래는 딱 하나. 노래책을 펼쳐서 그 노래를 찾아낸 뒤 노래방 기기에 숫자를 입력했다.

선생님이 소파에 깊숙이 몸을 묻은 채, 한없이 따스하고 다정한 눈빛으로 나를 바라보았다. 머리를 좌우로 흔들며 전주에 장단을 맞추었다.

전주가 끝나고 노래를 부르기 시작했다.

가로수 그늘 아래에 서면
떠가는 듯 그대 모습
햇살 가득 눈부신 슬픔 안고
버스 창가에 기대 우네.

노래를 하는데 노랫말이 이미지로 그려졌다.

가로수 그늘 아래로 걸어가는 그 애가 보인다. 늘 눈빛으로 이야기하는 그 아이는 슬픈 눈을 가졌고, 늘 혼자다. 그 아이의 주변을 떠다니는 공기도 쓸쓸하고, 그 아이의 머리에 내리쬐는 햇살도 쓸쓸하다. 그 아이가 부르는 노래는 더 쓸쓸하다. 아마 댄스곡을 불러도 그 목소리 안에서 슬픔의 알갱이들이 톡톡 터져 나와 주위를 온통 슬픔의 바다로 만들어 버릴 것이다.

가로수 그늘 아래 혼자 걸어가는 슬픈 눈의 조미미가 보인다.

노래가 끝났지만 나는 내 감정을 추스를 수가 없었다. 원하지 않은 눈물이 얇은 망막에 가득 찼다. 왜 이러지 내가?

선생님의 얼굴에서 미소가 사라졌다. 어둠 속이었기 때문에 선생님의 눈망울이 반짝 빛난다는 것을 알 수 있었다.

반듯하게 자세를 고쳐 앉은 선생님께서 나를 빤히 올려다보았다. 선생님의 발그레했던 뺨은 어느새 우윳빛 피부로 돌아와 있었다. 나는 고개를 돌렸다. 선생님께 내 눈물을 보이고 싶지 않았다.

"무슨 고민 있니? 말해 봐, 선생님이 들어 줄게."

나도 모르는 내 감정을 어떻게 말할 수 있지? 지금까지 살면서 내 감정의 정체는 다 안다고 생각했다. 슬픈 거, 미워하는 거, 싫어하는 거, 좋아하는 거, 화나는 거, 절망하는 거, 그리고 그 감정들에서 뻗어나간 좀 더 미세한 감정들까지 다. 하지만 지금 이 감정은 처음 경험하는 감정이다. 그래서 도대체 뭐라고 이름을 붙여야 할지 모르겠다. 슬프면서도 기쁘고, 행복하면서도 불행하고, 증오하면서도 좋아하고, 기대하지 않았으면서도 뭔가를 간절히 원하는 이 감정. 이렇게 복잡한 감정은 처음이다.

눈앞이 뿌옇게 변하면서 눈물이 멈추지 않았다.

선생님이 일어나 나에게 다가왔다. 선생님이 가만히 나를 안았다.

언젠가처럼 선생님에게서 향긋한 냄새가 났다. 세상 모든 여자들에게서는 이런 냄새가 날까? 엄마한테서도?
 선생님이 내 등을 토닥토닥 두드리며 말했다.
"말하지 않아도 알겠어. 알겠어, 네 마음."

나는 한 여자를
사랑했네

나는 한 여자를 사랑했네.
물푸레나무 한 잎같이 쬐그만 여자,
그 한 잎의 여자를 사랑했네.
물푸레나무 그 한 잎의 솜털,
그 한 잎의 맑음,
그 한 잎의 영혼,
그 한 잎의 눈,
그리고 바람이 불면 보일 듯 보일 듯한 그 한 잎의 순결과 자유를
사랑했네…….

오규원의 '한 잎의 여자'를 계속 읊고 있다. 눈을 감고 있으면 나도 모르게 입으로 시가 줄줄 나온다. 그러면서 시와 함께 마음속에

서 뭔가 뜨거운 것이 치밀어 오른다. 그것의 정체를 모르겠다. 마음을 한없이 요동치게 만들고, 뜬금없이 식은땀이 나게 하고, 불쑥불쑥 화가 나게 하고, 절망 속으로 빠뜨리기도 하고, 공중에 떠 있는 것처럼 현실 감각 없게 만들기도 했다가 웃게도 만들고 울게도 만드는 그 무엇. 그게 뭘까?

시인이 사랑했던 그 한 잎의 여자는 누구였을까?

모든 걸 잊고 〈전국노래자랑〉 노래 연습에만 전념하기로 했다.

살아 있는
모든 인간은 우성이다

요즘 할머니는 갓 담은 싱싱한 열무김치 같다. 집에 오자마자 나를 붙잡고 노래 연습을 하자고 하신다.

"내가 생각해 봤는데."

할머니는 양말을 벗어 돌돌 말아 화장실 앞으로 휙 던지고 내 앞으로 다가앉았다. 나는 할머니가 시장에서 떨이로 사 온 닭튀김을 먹고 있는 중이었다.

"아주 기똥찬 생각이 있어."

온종일 많은 닭을 튀겨낸 기름에 마지막으로 튀겨진 닭에서는 느끼한 냄새가 났다. 그래도 할머니가 가져다준 이 닭튀김은 내 성장에 없어서는 안 될 중요한 단백질 공급원이었다.

"뭔데?"

"우리 둘이 춤을 추는 거야."

"춤?"

"그래. 너도 옛날에 나 춤추는 거 봤지? 관광버스에서. 그 춤출 때 사람들이 다 뒤로 껌벅 넘어갔단 말이지. 우리 둘이서 노래를 부르면서 춤을 추는 거야."

아이고, 할머니. 제발 좀 살려 주세요.

나는 들고 있던 닭날개를 내려놓고 자리에서 일어났다. 할머니가 닭기름 묻은 내 손을 꽉 잡아 주저앉혔다.

"앉아 봐."

"공부해야 돼."

"우린 꼭 텔레비전에 나와야 한단 말이다."

이건 아니다. 할머니가 정말 〈전국노래자랑〉에 나가고 싶다면 예심 무대까지만. 그 무대만 서는 것만으로도 대단한 거다. 그런데 지금 할머니는 꼭 본선에 나가야 한단다, 도대체 왜?

"할머니. 그건 진짜 힘들어. 내가 말했잖아."

"그래도 열다섯 명이나 통과한다며?"

그건 맞다. 수백만 명에서 로또 일등에 당첨되는 사람은 단 한 명이다. 오백 명 중에서 열다섯 명이라면 그보다는 확률이 훨씬 높다. 그래서, 해 봐?

"그럼 할머니만 춰."

"너도 배워 봐. 아주 간단해."

지독한 몸치인 나한테 간단한 춤은 없다.

"나 못해."

할머니가 일어나더니 다리를 쩍 벌렸다. 그러고는 카메라 앞에 선 것처럼 굳은 표정을 지었다. 그 표정만 봐도 웃음이 났다.

"이 춤의 뽀인트는 바로 표정이야. 일단 표정만으로 반은 먹고 들어간단 말이다."

할머니 말이 맞다. 그러고 보니 관광버스에서 춤을 출 때 그 굳은 표정은 할머니의 의도된 표정이었다. 알고 보니 우리 할머니, 좀 사악한 면이 있다.

할머니는 팔을 뻗어 현란하게 움직이며 노래를 하기 시작했다.

영감
왜 불러
뒤뜰에 뛰어놀던 병아리 한 쌍을 보았소
보았지
어쨌소

표정과 춤과 노래는 불협화음처럼 다 제각각이었지만 묘하게 어울렸다. 할머니 혼자 나가면 딱 좋을 텐데.

할머니가 1절을 부르고 계속 춤을 추며 나에게 일어나서 옆으로 오라고 손짓했다. 마지못해 일어나 할머니 옆에 섰다.

할머니가 손으로 할머니 얼굴을 가리켰다. 그런 표정을 지어 보라는 뜻인가 보다. 할머니처럼 무표정한 표정을 지어 보려고 했다. 내 얼굴을 내가 볼 수 없으니 다행히 웃음은 나오지 않았다. 할머니가 이번에는 팔을 뻗어 마구 흔들었다. 나도 어쭙잖게 흔들었다. 할머니가 더 세게 흔들었다. 나도 더 세게 흔들었다. 내가 마치 신장개업 식당 앞에 놓인 바람인형이 된 기분이었다.

개사한 노래에 맞춰 할머니와 춤을 춰 봤다. 처음에는 쥐구멍에라도 숨고 싶을 정도로 민망했는데 그것도 몇 번 해 보니 익숙해졌다. 역시 뻔뻔스러움은 연습으로도 훈련이 되는 모양이다.

할머니와 노래 연습을 마치고 내 방에 들어와 침대에 누웠다. 하지만 잠이 오지 않았다. 요즘 밤마다 잠을 설친다. 자려고 누우면 떠오르는 얼굴. 진드기처럼 달라붙는 그 누구 때문이다. 그래도 자려고 눈을 감았다. 문자 알림 소리가 들렸다. 불을 켜고 휴대전화를 열었다.

> 지금 좀 와 줄래?

공호가 보낸 문자였다. 문자를 보는 순간, 불길한 예감이 들었다. 늘 바보처럼 웃고 다니는 녀석. 한 번도 슬퍼하거나 괴로워하는 표정을 지어 본 적이 없고, 그래서 혹시 스마일 마스크 증후군이 아닐까 의심되던 녀석. 그 문자는 어딘지 모르게 공호가 '나 지금 아프다.'라고 말하고 있는 것 같았다. 왜냐고 묻지도 않고 자전거를 끌고 집을 나섰다.

자정이 넘은 시간의 거리는 무서울 정도로 적막했다. 길에는 희미하게 가로등이 켜져 있었지만 그 길을 걷고 있는 사람은 아무도 없었다. 힘껏 페달을 밟았다.

자전거를 공호네 빌라 담벼락에 세워 두고 현관으로 들어가려다 2층을 올려다봤다. 2층에는 작은 창문 하나에만 불빛이 비쳤다.

조미미의 방 같았다. 조미미는 저 안에서 지금쯤 무엇을 하고 있을까? 기타를 치나? 귀를 기울여 봤지만 멀리서 차 지나가는 소리만 간헐적으로 들릴 뿐 기타 소리는 들리지 않았다. 하긴 지금 이 시간에 기타를 치고 있으면 안 되지.

조미미의 방은 이렇게 가까운데 마음의 거리가 멀다. 내게는 가닿을 수 없는 아득히 먼 곳. 내가 우주선 조종사가 되어 우주선을 타고 행성에 가지 않는 한, 나는 그곳에 다다를 수 없을 것이다. 세상에서 가장 먼 거리가 머리와 마음과의 거리라는데, 나에게는 저 불 켜진 2층 방이 세상에서 가장 먼 거리처럼 느껴졌다. 그렇게 생각하니 한숨이 나왔다.

공호는 나를 보자 십 년 전에 헤어진 형제를 만난 것처럼 반가워했다.

"진짜 와 줬구나, 친구. 반갑다, 친구야."

공호는 예상과는 달리 활짝 웃고 있었다. 뭐야? 아무렇지도 않잖아. 공호 얼굴을 보자 배신감이 밀려왔다. 지금쯤 죽을상을 하고 '형민아, 세상이 왜 이러냐?' 하고 좌절하고 있을 줄 알았는데.

짜증 섞인 목소리가 절로 나왔다.

"무슨 일인데 오밤중에 불러 내냐?"

공호가 홍조 띤 얼굴로 웃으며 휴대전화를 열었다. 휴대전화 액정 화면 속에 작고 귀여운 아기가 방긋 웃고 있었다.

"이거 봐. 예쁘지? 천사 같지?"

파란 눈망울의 아기는 예뻤다. 밀가루처럼 새하얀 얼굴에, 얼굴의 반을 차지할 정도로 커다란 눈을 갖고 있는 아기는 정말 인형처럼 예뻤다. 삐죽삐죽 솟아 오른 갈색 머리카락마저 귀여웠다.

"누군데?"

공호는 아기를 쓰다듬듯 휴대전화 액정을 쓰다듬으며 말했다.

"내 동생이야. 엄마가 낳았대. 예쁘지?"

"예쁘네. 근데 너 방금 뭐라고 했냐? 이게 누구라고?"

"내 동생이라고. 이름은 캐씨래. 따라해 봐. 캐시가 아니라 혀끝을 윗니와 아랫니 사이에 넣고서 캐씨."

공호는 사랑스러워 어쩔 줄 모르겠다는 표정으로 사진을 들여다 봤다. 하지만 그 눈이 왠지 모르게 슬퍼 보였다. 입은 웃고 있어도 눈은 울고 있는 듯했다.

멀고 먼 캐나다에 두고 온 엄마, 그 엄마가 낳은 파란 눈동자의 동생, 그 동생을 보는 심정은 어떨까? 적어도 나 같으면 공호처럼 이렇게 헤벌쭉 웃을 수는 없을 것 같다.

나는 공호에게서 휴대전화를 빼앗았다. 공호가 나를 빤히 봤다.

"좋냐?"

"뭐가?"

"에이, 말을 말자. 아빠는?"

집 안을 둘러봤다. 집 안은 며칠 전 청소해 준 상태 그대로였다. 싱크대도 깨끗했다.

"몰라. 벌써 일주일째 부재중. 빚쟁이들 피해 모처에서 은신 중이셔."

그러고 보니 공호 집에 드나들면서 한 번도 공호 아빠를 본 적이 없었다. 요즘은 소주병도 더 늘지 않았다.

공호가 내 손에 들고 있던 휴대전화를 빼앗아 또다시 아기 사진을 들여다보았다.

"나 태어나서 이렇게 예쁜 아기는 처음 봐."

"한심한 놈."

"야, 캐씨 크면 예쁘겠지? 혼혈이라서 정말 예쁠 거야. 우리 생물 시간에 배웠잖아. 피가 섞이면 우성이 나온다고. 맞나?"

녀석에 대해서는 다 알고 있다고 생각했는데 이 녀석, 진심을 모르겠다.

"인간은 다 우성이다, 몰랐냐?"

공호가 정말 모르겠다는 표정으로 고개를 갸우뚱거렸다.

모든 인간은 우성이다. 열성은 아예 태어나지도 못한다. 수천만 년의 역사를 거치면서 인간은 죽음과 탄생을 계속 이어왔다. 지금까지 지구상에 살았던 인구는 수백억 아니면 수천억 명은 될 거다. 하지만 세상에 태어나지 못한 인간은 그것보다 훨씬 더 많다. 지금도 내 몸속에는 밖으로 튀어 나갈 준비를 하고 있는 수백억 개의 정자가 있다. 그렇게 많은 정자 속에서 인간이 되어 태어나는 것도 대단

한데, 태어나서 한 시대를 살다 자손을 남긴 사람들은 더 대단하다. 내 조상은 수천만 년 전에 도끼를 들고 매머드를 때려잡던 용맹한 원시인이다. 그 후의 조상들은 전쟁도 이겨 냈고, 전염병도 이겨 냈고, 굶주림도 이겨 냈다. 내 조상들은 강했다. 그런 조상의 피를 물려받은 나도 강하다. 앞으로 나에게서 태어나게 될 내 후손들도 강하다. 그러므로 인간은 다 강하다.

공호가 벌떡 일어나며 말했다.

"답답한데 우리 운동장이나 뛸까?"

한밤중의 운동장은 거대한 어둠 덩어리 같았다. 공호는 달렸다. 나도 그 옆에서 달렸다.

한 바퀴.

숨이 차다.

두 바퀴.

숨이 끊어질 것 같다.

세 바퀴.

공호는 여전히 달렸다. 나는 뒤쳐졌다. 어둠이 강한 속도로 공호를 빨아들이듯 공호는 저만큼 멀어졌다. 네 바퀴를 달리지 못하고 땅바닥에 벌렁 누워 버렸다.

땅바닥에 누워 올려다본 하늘은 징그러울 정도로 조용했다.

빠르게 뛰던 심장 박동이 천천히 느려지면서 온몸이 나른해졌다. 초등학교 때 나는 달리기를 잘했다. 체육대회 때는 기를 쓰고 달려서 늘 일등을 했다. 내가 달리기를 하는 이유는 단 한가지였다.

 달리고 난 후 이 느낌이 좋아서, 달릴 때 숨이 차서 목이 타는 것 같던 이 느낌이 잦아들고 쿵쾅쿵쾅 큰북 소리처럼 내 몸 전체를 진동시키던 심장 소리가 잦아들면서 밀려오는 그 짧은 순간의 환각 상태가 좋아서.

 공호는 나보다 세 바퀴를 더 뛰었다. 내 옆에 와서도 그대로 벌렁 땅바닥에 눕지 않고 허벅지에 손을 얹고 허리를 숙인 채 한동안 밭은 숨을 뱉어냈다.

 공호가 내 옆에 누웠다. 우리는 운동장에 나란히 누웠다. 운동장 바닥에서 서늘한 냉기가 올라왔다. 우리는 하늘에 떠 있는 차갑고 커다란 달을 동시에 올려다보았다. 커다란 달이 무심하게 떠 있었다.

 "나, 헉헉, 가끔씩, 헉헉, 숨이 막히면, 헉헉, 밤마다, 헉헉, 뛴다."

 처음 듣는 얘기였다.

 "차라리 딸딸이나 치지 그래."

 공호가 피식 웃는 게 느껴졌다.

 운동장 저 끝, 한밤중에 미끄럼틀과 철봉이 있는 곳을 달리는 한 소년이 보였다. 공호는 언제부터 밤에 운동장을 뛰었을까?

 "나 말이야. 열여덟 살이 끝나지 않을 것 같아서 가끔씩 무섭다. 열여덟에서 시간이 멈춰 버린 건 아닐까? 일 년 전에도 십 년 전에도 난 열여덟 살이었던 것 같아."

 공호답지 않게 심각한 말투였다. 이제야 가면을 벗고 진짜 공호 모습을 보는 것 같아 한편으로는 반가웠지만, 한편으로는 마음이 짠

했다.

"우리 할머니가 그러시는데 시간은 눈 깜짝할 사이에 지나가 버린 단다. 버텨 봐라."

"그건 다 지났을 때 일이지."

"인생은 결과가 아니라 과정이라고 위인들이 말씀하셨다."

"그건 인생을 다 살아 본 위인들이나 하는 소리지."

다섯 살 지나면 여섯 살, 열 살 지나면 열한 살, 열일곱 살 지나면 열여덟 살, 이제 열여덟 살 지나면 열아홉 살이 온다는 것을 나는 경험으로 안다. 할머니 말씀처럼 눈 깜짝할 사이에 지나가 버리지 않는 게 문제지만.

공호가 달을 올려다보며 물었다.

"네 인생의 결정적 장면은 언제냐?"

내 인생을 거쳐 왔던 몇 개의 결정적 장면들. 엄마가 나를 할머니 집에 두고 가 버린 다섯 살 때의 한 장면. 엄마를 찾으러 간다고 무작정 집을 나가 떠돌아다니다 어느 고아원에 맡겨졌던 일곱 살 때의 한 장면. 사는 게 너무 싫어서 학교 옥상에 올라가 뛰어내리려고 했던 초등학교 6학년 때의 한 장면. 자고 일어났을 때, 커져 버린 내 거시기에서 분수처럼 뿜어져 나오던 누런 액체를 보며 기절할 것처럼 놀랐던 중학교 1학년 때의 한 장면.

달 속에 파노라마처럼 내 결정적 장면들이 하나씩 펼쳐졌다. 하지만 그건 오래전 장면들이다. 이미 흑백 사진처럼 빛이 바래서 지금의 나에게는 아무런 힘도 쓰지 못한다. 가장 막강한 힘을 발휘하는 건 최근의 기억들. 그중에서도 선명하게 떠오르는 단 하나의 결정적 장면은 바로 노래방에서 조미미가 노래하는 모습을 몰래 훔쳐보던 그 순간이다.

커다란 달 속에 조미미를 들여다보고 있는 내 뒷모습이 보였다.

"난 말야. 초등학교 3학년 때 캐나다 가던 날이 내 결정적 한 장면이다. 그날 캐나다만 가지 않았으면 내 인생이 이렇게 되지는 않았을 것 같아."

그랬을 수도 있겠지. 만약 그때 공호가 캐나다로 가지 않았다면 공호 부모님은 이혼하지 않았을 수도 있고, 공호 아빠 사업이 망하지 않았을 수도 있고, 그렇다면 눈이 커다란 여동생이 생기지도 않았을 거다.

"앞으로가 중요한 거지. 지나간 결정적 장면 따위가 무슨 소용이냐?"

"그건 그래."

"그만 들어가자. 내일 학교 가야지."

지구가 멸망해도 우리는 학교에 가야 한다. 그건 거부할 수 없는 명제다.

"내가 왜 미친놈처럼 실실 웃고 다니는지 아냐?"

일어나려다 말고 다시 운동장 바닥에 주저앉았다. 공호가 웃음기가 싹 가신 얼굴로 말했다.

"그래야 살 수 있으니까."

웃지 않으면 살 수 없는 세상, 그런 세상에 공호는 살고 있었다. 밤마다 운동장을 숨이 끊어질 정도로 뛰면서도, 낮에는 아무 일도 없었던 것처럼 웃고 다닐 수밖에 없는, 그런 세상. 그게 공호가 살고 있는 세상이다.

공호가 입에 손을 갖다 대고 허공을 향해 소리쳤다.

"야, 이 씨팔 좆같은 세상."

내가 들어본 욕 중에서 가장 시원한 욕이었다. 공호가 하는 욕을 들으니 속이 뻥 뚫리는 기분이었다.

비밀 셋, 조미미는 밤늦게까지 뭔가를 한다

자전거를 가지러 공호네 집까지 함께 갔다. 2층에는 아직 불이 켜져 있었다. 담벼락에 세워 둔 자전거를 잡으면서 나도 모르게 2층을 힐끔 올려다봤다. 금방이라도 창문 밖으로 조미미의 머리가 쏙 나올 것 같아 가슴이 두근거렸다. 내 눈을 따라 이층을 보던 공호가 불쑥 말했다.

"쟤 아직도 안 자나 보네. 하긴 만날 날밤 새우는 것 같더라."
"내일 밤을 새? 뭐 하는데?"
"나야 모르지."
비밀 또 하나를 알았다.

비밀 셋, 조미미는 밤늦게까지 뭔가를 한다.

"친구, 근데 지금 좀 이상하다?"

공호가 내 얼굴을 물끄러미 바라보며 물었다. 오렌지색 가로등 불빛에 비친 공호의 얼굴이 연쇄 살인마처럼 섬뜩했다.

"뭐가?"

"너 혹시?"

"혹시 뭐?"

공호가 위층 불 켜진 창과 내 얼굴을 번갈아 보았다.

"너 쟤한테 마음 있는 거 아냐?"

가슴이 철렁 내려앉았지만 강하게 부정하려고 하는데,

"아니지. 아냐. 그럴 리가 없어. 조미미가 누구냐? 보면 눈이 썩고 만지면 손이 썩는 왕따인데. 내 친구 취향이 저렇게 저렴하지는 않지, 암."

"야, 김공호!"

나도 모르게 소리를 꽥 질렀다. 공호가 놀란 얼굴로 나를 쳐다봤다.

"내가 우정을 생각해서 이런 말은 안 하려고 했는데 너 참 유치하다. 엄마 배 속에서부터 왕따로 태어난 사람이 세상에 어디에 있어? 사람은 다 귀한 존재야. 태어나서 이렇게 살아 있는 것 자체가 절대적 우성을 증명하는 거라고. 뭐? 눈이 썩고 손이 썩어? 유치원생도 안 하는 생각을 고등학생이 하다니 유치해서 못 봐 주겠다. 그리고 그러는 넌 조미미보다 잘난 게 뭐가 있는데? 우리 반 여자아이들? 조미미보다 잘난 게 뭔데? 뭔데?"

공호가 나를 빤히 봤다.

"너, 너, 김형민."

"너 사람 그렇게 보는 거 아니다. 누가 널 그런 식으로 생각하면 좋겠냐? 실망이다."

"왜 그래?"

나는 자전거에 올라탔다. 이것도 친구라고 단숨에 달려와서 운동장을 몇 바퀴나 뛰어 줬더니 한다는 소리하고는. 아, 정말 화난다. 조미미가 자기네 집 위층에 살고 있다면 진작 말해 줬어야지. 이게 우리가 지난 십여 년 동안 쌓아온 우정의 결과냐? 우리 우정이 겨우 이것밖에 안 됐었냐? 잠잠했던 속이 또 부글부글 끓는구나.

"너 혹시?"

"혹시 뭐?"

"혹시……."

공호는 차마 말이 안 나오는지 계속 미심쩍은 눈빛으로 나를 보고만 있었다.

페달에 발을 얹었다. 공호가 무슨 말인가를 하려고 내 옆으로 다가왔다. 하지만 나는 힘껏 페달을 밟았다. 공호가 뒤에서 "저기, 저기, 잠깐만. 친구, 기다려." 하고 소리치며 따라왔지만 뒤도 안 돌아보고 달렸다.

아침 0교시 수업이 끝나고 공호가 뭔가 할 말이 있는 표정으로 내 자리로 왔다. 나는 공호를 외면했다. 쉬는 시간에도 나는 엎드려서 자는 척했고 점심시간에도 혼자서 급식실로 내려갔다.

공호를 충분히 이해한다. 그럴 수 있다. 이해 할 수 없는 건 바로 나다. 공호를 위로한다고 한밤중에 달려갈 때는 언제고, 공호의 그 한마디에 180도 싹 변해 버리다니 속이 좁아도 이렇게 밴댕이 소갈딱지처럼 좁은 인간은 이 세상에 없을 거다. 내 얘기다.

알지만 그때는 정말 화가 났다. 내 마음을 들켜서? 내 취향이 저렴해서? 아니면 공호가 조미미에 대해 심하게 말을 해서? 자기네 집 위층에 산다는 걸 진작 말해 주지 않아서? 그 이유를 나도 모르겠다. 그중 하나일 수도 있고, 그 이유 전부일 수도 있을 거라고 생각했다.

공호와 온종일 냉전 중이다. 혼자 다니다 보니 나한테 친한 친구가 별로 없다는 사실을 깨닫게 되었다. 평소 원만한 교우 관계를 유지하고 있다고 생각했는데 오늘 보니 나에게는 사이가 유독 나쁜 친구가 없었을 뿐이었다. 함께 공을 차고, 농담 따먹기를 하고, 등·하교를 하는 친구 말고 진짜 친구는 공호뿐이었구나 싶었다.

사람이 사람을
사랑하는 일

오늘 아침 할머니가 말했다.
"오늘 학교 끝나고 시장으로 와."
"왜?"
"그냥 오라면 와."
"나 오늘 야자 있어."
"그럼 끝나고 와."
그 시간이면 할머니 가게는 문을 닫고도 남을 시간이다.

야자를 끝내고 내가 시장에 갔을 때 할머니는 가게 문을 아직도 안 닫고 채소 가게 아줌마랑 얘기를 하고 있었다. 채소 가게 아줌마는 나를 보자마자
"아이고 우리 봉천 시장 유명 인사 오셨네."

하고 반색을 했다. 내가 이래서 여기 안 오려고 한 건데.

나를 보자 할머니가 말했다.

"노래방 가자."

"노래방?"

지금까지 할머니하고 단 한 번도 노래방에 가 본 적이 없었다. 할머니는 마이크 사용법도 모를 텐데.

"그래. 〈전국노래자랑〉 얼마 안 남았는데 피똥 싸게 연습해야지."

채소 가게 아줌마가 거들었다.

"그냥 연습하는 것보다 반주에 맞춰서 연습해야 돼."

노래방에 가서 피똥 싸게 연습하려면 도대체 얼마나 불러야 하는 거야?

할머니를 도와 진열대에 있던 반찬통들을 가게 안으로 들여놓았다. 항상 느끼는 거지만 반찬통은 꽤나 무겁다. 할머니는 매일 이렇게 무거운 반찬통을 가게 안으로 날랐고 그다음 날이면 밖으로 날랐다. 아무래도 할머니 몸속에는 커다란 황소가 한 마리 살고 있는 모양이다.

반찬통을 거의 다 안으로 들여놓았을 때 저 멀리서 누군가 다급하게 뛰어왔다.

"잠깐만요, 할머니. 아직 문 닫지 마세요."

선생님이었다.

"아이고, 선상님. 어서 오세요. 방금 문 닫으려던 참이었어요."

반가운 얼굴로 맞이하는 할머니.

선생님은 멀뚱히 서 있는 나를 보더니 마치 복도에서 마주친 것처럼.
"어? 오늘은 형민이도 있었네? 안녕."
하고 반가운 얼굴로 말했다.
이게 어떻게 된 거지? 둘이 아는 사이? 선생님과 할머니 얼굴을 번갈아보고 있는데 할머니가 말했다.
"세상 참 넓고도 좁아. 아, 글쎄 우리 가게 단골손님이셨는데 네 담임선상님이란 거는 며칠 전에 알았쟎니."
할머니는 온종일 '잘했군 잘했어' 노래를 흥얼거렸다고 한다. 반찬을 퍼 담으며 "잘했군, 잘했어. 그러게 내 손자라지." 그렇게 노래를 하면 손님들은 "손자한테 무슨 좋은 일 있어요?"하고 물었겠지. 그럼 할머니는 기다렸다는 듯이 말하는 거다. "우리 손자하고 〈전국노래자랑〉에 나가요."라고.
선생님도 할머니 가게로 반찬을 사러 왔다가 할머니의 노랫소리를 들었다고 한다. 이번에는 선생님이 묻지도 않았는데 할머니가 먼저 선생님께 자랑을 했다고 한다. "우리 손자하고 둘이 〈전국노래자랑〉에 나가요." 하고. 선생님은 혹시나 하는 마음에 물었다고 한다. "손자가 몇 살인데요?"라고. 할머니가 자랑스럽게 대답했단다. "고등학생요." 선생님은 알 수 없는 호기심에 또 물었다고 한다. "실례지만 어느 고등학교에 다녀요?" 할머니는 선생님이 묻지도 않은 말까지 친절하게 대답했다. "미래고등학교 2학년 김형민이 내 손자요." 선생님은 깜짝 놀랐다. "어머, 할머니!" 선생님은 갑자기 할머니 손을 꼭 잡았다. "제가 형민이 담임선생이에요."

세상 참 좁다. 노래방에서 조미미를 본 것도 그렇고, 조미미가 공호네 2층에 살고 있다는 것도 그렇고, 할머니 가게에서 선생님을 만난 것도 그렇고. 모두가 작은 세트장 안에서 살고 있는 느낌이다. 서로가 밟은 자리를 밟고 지나가면서, 서로가 뱉었던 공기를 마시고, 서로가 봤던 나무를 보며, 서로가 들렀던 장소에 들른다. 그렇다면 이 세트장에서 남자 조연은 나, 여자 조연은? 지금은 당연 조미미다. 우리 둘은 서로가 서로를 좋아하지만, 서로가 서로를 좋아한다는 사실을 모른 채 서로가 거쳐 간 장소를 지나치고 있는 것은 아닐까? 차라리 지금 무대에서 연극을 하고 있는 거라면 좋겠다. 그러면 곧 연극이 끝나고 박수를 받으며 무대에서 내려오면 그만이니까.

"근데 선상님, 뭘 그렇게 많이 사셨어요?"

선생님은 양손에 쇼핑 봉투와 비닐봉지를 잔뜩 들고 있었다.

"아, 예. 내일 친구들 초대하기로 했거든요. 솜씨도 없는데 걱정이에요."

선생님은 가게 안으로 들어와 뚜껑이 닫힌 반찬통들을 유심히 들여다보았다. 할머니는 닫았던 반찬통 뚜껑을 하나씩 열었다.

"오늘 열무김치도 새로 담갔고 굴 넣고 겉절이도 담갔는데 맛 좀 보세요, 선상님."

할머니는 김치를 집어 선생님 입에 넣어 주었다. 선생님 입에서 계속 감탄사가 튀어 나왔다.

"어머, 바로 이 맛이야. 할머니, 열무김치하고 겉절이하고 고추장에 무친 멸치하고 명이나물하고 어리굴젓 좀 싸 주세요."

할머니는 선생님이 가리키는 반찬을 봉지에 푹푹 퍼 담았다. 할머니가 반찬을 퍼 담는 동안 선생님이 말했다.

"할머니 반찬 먹다가 다른 집 반찬 못 먹겠어요. 글쎄, 심지어는 엄마가 보내 준 반찬도 이제 입에 안 맞는다니까요. 여기 반찬은 정말 깊은 맛이 있어요. 아무리 입맛이 없어도 할머니 열무김치 하나만 있으면 한 그릇 뚝딱 해치울 정도예요. 어쩜 이렇게 솜씨가 좋으세요?"

할머니는 기분이 좋아 보였다. 할머니는 반찬이 맛있다는 말을 가장 좋아했다. 선생님은 반찬값을 내밀었지만 할머니는 한사코 돈을 받지 않았다. 선생님은 그러면 여기 다시 못 온다면서 할머니 주머니에 돈을 찔러 넣으셨다. 참으로 훈훈한 광경이다.

선생님은 할머니께 받아든 반찬 봉지는 오른손에, 들고 왔던 쇼핑백과 비닐봉지는 왼손에 들었다. 할머니가 내 등을 툭 밀며 말했다.

"뭐 하냐? 후딱 들어 드리지 않고."

나는 선생님 손의 짐을 받아 들었다. 선생님은 계속 괜찮다고 했지만 할머니가 선생님 댁까지 짐을 갖다 드리라고 했다.

"노래방은 어쩌고?"

할머니한테 물었지만 할머니는 내 등을 계속 떼밀며 말했다.

"노래방은 낼 가도 돼. 어여 가. 어여."

선생님은 집까지 말고 택시 타는 데까지만 들어 달라고 했다. 한적한 밤거리를 선생님과 나란히 걸었다.

택시 승강장까지 가는 동안 나는 아무 말도 하지 않았다. 선생님께 눈물을 보인 뒤 선생님을 보는 게 쑥스럽다.

택시 승강장에는 아무도 없었다. 빈 택시도 보이지 않았다. 짐을 의자 위에 내려놓고 인사를 하려는데 선생님이 말했다.

"잠깐만 여기 앉아 볼래?"

나는 의자에 앉았다. 선생님은 내 옆에 바싹 붙어 앉았다.

선생님이 물끄러미 내 얼굴을 들여다보았다. 창피해서 고개를 들 수 없었다. 지나가는 차의 헤드라이트가 선생님 얼굴에 광채를 남기고 사라졌다.

"너 요즘 고민 있지?"

"왜요?"

"요즘 혼자 다니는 것도 그렇고 얼굴 한가득 '나 고민 있어요.' 이렇게 써 붙이고 다니는 것 같기도 하고. 지난번 노래방에서도 그렇고. 암튼 내가 교사 생활을 오래 해 보진 않았지만 이제 관상을 좀 볼 줄 알게 됐거든. 말해 봐. 누구 좋아하니?"

"어떻게 아셨어요?"

나도 모르게 그 말이 툭 튀어 나왔다. 선생님이 진지한 표정으로 물었다.

"누군데 그렇게 혼자 애를 태우니?"

"……"

"어려운 상대니?"

"예."

"그랬구나. 나도 고등학교 때 선생님을 짝사랑한 적이 있었어. 그

땐 정말 굉장했어. 일부러 손가락에 상처를 낸 뒤 혈서를 써서 선생님한테 보낸 적도 있거든. 당장 어떤 식으로든 해결이 나지 않으면 큰일 날 것 같은 심정이었어. 그래서 네 마음 알아. 학생이 선생님을 좋아하는 거, 그거 당연한 거야. 누구나 한 번쯤 그런 경험을 해. 그건 나쁜 게 아냐. 죄책감 느낄 필요도 없고. 그 감정을 소중하게 간직해. 언젠가 되돌아보면, 아, 나에게도 이렇게 아름다운 시절이 있었구나, 할 거야. 지금은 자신도 알 수 없는 마음 때문에, 상대도 알아주지도 않는 마음 때문에 많이 힘들겠지만, 시간이 지나면 다 변해. 사람의 감정이라는 건 그런 거야. 변하니까 사람이지."

아, 물론 지금 나는 내 옆에 있는 선생님을 좋아한다. 하지만 짝사랑하지는 않는다. 좋아하는 것과 사랑하는 것의 차이를 묻는다면 할 말이 없다. 설명할 수 없는 감정이라고 생각한다. 하지만 한 가지 분명한 건 선생님 때문에 혈서를 쓸 만큼 절절하지도 않았고, 혼자 눈물 흘릴 만큼 힘들어 본 적도 없었다는 것이다. 그냥 선생님을 생각하면 기분이 좋아졌다. 선생님에 대한 감정은 설명할 수 있을, 딱 그만큼의 감정이다.

그런데 지금은 죽을 만큼 힘들다.

입에도 올리기도 싫은, 이름을 부르면 입이 썩어 버릴지도 모르는, 그 이름 때문에.

희망을 버리고 행복해지는 쪽,
희망을 가지고 불행해지는 쪽

롯데리아 안은 시끄러웠다.

어린아이들은 주위를 신경 쓰지 않고 쉴 새 없이 떠들어 댔고, 부산하게 이곳저곳을 뛰어다녔다. 불과 십 년 전에 내가 저런 어린아이였다는 게 믿어지지 않았다.

공호는 더블 버거를 한입에 가득 넣고 물방울이 동글동글 맺혀 있는 콜라 잔을 들어 콜라를 쪽쪽 빨아 댔다. 토굴 안에 석 달 열흘 갇혀 있다 구출된 것 같다.

녀석. 먹성 하나는 언제 봐도 끝내준다.

"맛있냐?"

공호는 다시 한 번 햄버거를 베어 물며 고개를 끄덕였다.

오늘 아침, 토요일이라서 늦잠을 자고 있는데 문자 메시지가 왔다.

> 할 말 있어. 우리 동네 롯데리아로 열두 시까지 와.
> 안 오면 넌 평생 후회할 거다.

공호였다. 냉전을 먼저 풀자는 메시지 같아서 속는 셈치고 나왔다. 할 말이라는 거 뻔하다. 친구여, 나 그대를 사랑하노라, 뭐 어쩌고저쩌고 그런 것이겠지.

공호는 우리가 언제 어색한 사이였냐는 듯 실실 웃으며 말했다.

"친구, 내가 오늘 아주 중요한 극비 문서를 전달할 게 있어서 말이지."

공호는 '아주'라는 말에 힘을 주었다. 그러면서 주머니에서 봉투 하나를 꺼냈다. 노란 사각봉투였다.

"뭐냐?" 봉투를 받으려고 손을 내밀었는데 공호가 재빨리 봉투를 뒤로 빼며 말했다.

"어허, 세상에 공짜가 어딨나? 이건 돈으로 치면, 아니지 돈으로 칠 수도 없을 만큼 값진 건데."

"도대체 뭔데 그래?"

"암튼 햄버거 세트 사 오면 이 문서 넘길 테니까 협상에 응하든지 말든지."

며칠 안 어울리는 사이에 순 똥배짱만 늘었다.

공호는 햄버거 세트를 받자 봉투를 내게 넘겼다.

공호가 허겁지겁 햄버거를 먹는 동안 문제의 극비 문서를 개봉했다.

〈조미미 신상 조사서〉

1. 부모님은 두 분 모두 청각 장애인이다.
2. 중학교에 다니는 남동생이 하나 있다.
3. 동네 입구에 있는 슈퍼마켓을 이용하는데 늘 초콜릿을 산다 (아무래도 초콜릿 마니아?).
4. 토요일마다 홍대 앞에서 거리 공연을 한다.
5. 전화번호 - 모름.

ps. 번호를 따려고 했으나 조미미가 휴대전화를 키우지 않는 관계로 못 땄음. 요즘 세상에 휴대전화 없는 고딩이 살고 있다니, 참으로 놀라운 일일세.

나라면 희망을 버리고 행복해지느니
희망을 가지고 불행해지는 쪽을 선택하겠네.
잘해 보게, 친구.

공호는 햄버거를 다 먹고 튀긴 감자를 케첩에 찍어 먹고 있다. 공호의 얼굴에 포만감이 가득하다. 하지만 나는 햄버거에는 손도 대지 않았다. 공호가 내 햄버거를 힐끔거렸다. 슬그머니 공호 쟁반에 내 몫의 햄버거를 올려놓았다. 공호는 재빨리 햄버거를 한입 베어 물었다. 식충이 같은 놈.

"어떻게 된 거야?"

공호는 남아 있는 콜라를 소리가 날 때까지 쪽쪽 빨아먹은 뒤, 의자 깊숙이 몸을 묻고 다리를 쭉 뻗었다.

"아이고, 배부르다."

"이게 뭐냐고?"

공호가 실실 웃으며 말했다.

"이봐 친구. 여자 문제로 냉전을 할 만큼 우리 우정이 가볍다고는 생각하지 않는데 말이지."

여자 문제라니, 나도 모르게 웃음이 나왔다.

공호는 개의치 않고 계속 말했다.

"나, 사실 네가 조미미한테 마음 있다는 거 눈치채고 레알 충격 받았다. 네가 자주 조미미한테 눈길을 주는 걸 보고 좀 뭔가 이상하다 생각하긴 했어. 하지만 그때 네가 아니라고 해서 믿었지. 근데 그날 밤 불같이 화를 내는 널 보고 내 짐작이 맞다고 확신했지. 아, 내 절친님은 조미미 양을 마음에 두고 있구나. 근데 왜 하필 그 많고 많은 여자아이들 중에서 조미미야? 네가 앞으로 가야 할 험하디험한 앞길을 생각하니 친구로서 어찌나 맴이 쓰리고 아리던지……. 하지만 뭐 사랑이 그렇게 자기 맘대로 되면 그게 어디 사랑이냐? 그래서 사랑인거지. 암튼 이제 네 맘 알았으니까 난 그저 팍팍 밀어주기만 하면 되는 거고, 그래서 내 모든 루트를 다 동원해서 조미미에 대한 신상 정보를 입수했지."

공호의 표정이 독립군만큼이나 당당하고 결의에 차 있었다. 역시 우리의 십 년 우정은 헛된 게 아니었어. 내 속이 좁았어. 미안하다, 친구야.

"근데 걔 토요일마다 홍대 앞에서 거리 공연 한다는 거 충격적이지 않냐?"

맞다. 충격이다. 노래를 잘한다는 건 알았지만, 그 정도일 줄이야. 거긴 진짜 노래를 잘하지만 중앙무대에 진출하지 못하는 아마추어들과 진짜 프로들이 공연하는 곳인데.

나는 신상 조사서를 다시 한 번 들여다봤다. 맨 아랫줄 아마도 공호가 어디선가 보고 베꼈을 문구를 유심히 읽었다.

'희망을 버리고 행복해지는 쪽,

희망을 가지고 불행해지는 쪽.'

어느 쪽을 선택해야 할까? 희망을 버리고 행복해지면 그게 진짜 행복일까? 희망을 가지고 불행해지면 그게 진짜 불행일까?

시계를 보던 공호가 벌떡 일어났다.

"쇠뿔도 단김에 빼랬다고, 가자."

"어디?"

"만나러."

"누구?"

"조미미."

뭐라고 대답할 틈도 없이 공호는 나를 끌고 햄버거 가게를 나왔다.

토요일 홍대 앞 거리는 사람들이 밀물과 썰물처럼 몰려다녔다. 프리마켓이 열리는 놀이터로 끌려가면서 '드디어 올 것이 왔구나!' 하는 생각이 들었다. 롯데리아에서부터 여기까지 오는 동안 얼마든지 거부할 수가 있었다. 하지만 나는 거부하지 않았다. 운명이란 게 있다면 내 의지가 아닌 그 운명에 나를 맡겨 보고 싶다고 생각했다. 모르겠다, 이제부터 일어나는 일은 내 능력 밖이다.

프리마켓이 열리는 놀이터 주위로는 손으로 만든 액세서리나 미술품, 옷이나 신발 따위를 펼쳐 놓은 작은 좌판들이 길게 늘어서 있었고, 구경하는 사람들이 밀려다닐 정도로 복잡했다.

좌판이 늘어선 곳을 지나 사람들이 빙 둘러서 있는 곳으로 갔다. 무대는 없었다. 벤치 앞에서 두 사람이 노래를 부르고 있었다.

이렇게 비가 오는 날이며언
지친 그리움으로 날 감싸고오
이 비가 그치고 나며언
난 너를 찾아 떠나갈 거야아

무대도 없고 음향 시설도 좋지 않았지만 가수들과 구경꾼들이 하나가 되어 즐기는 모습이 꽤나 자유로워 보였다.

공호는 사람들 가운데로 나를 끌고 들어갔다.

"다음이 조미미 순서인가 봐."

공호가 손으로 무대 옆쪽에 서 있는 조미미를 가리켰다.

공호는 2인조의 노래에 맞춰 박수를 치고, 고개를 까딱까딱 하며 장단을 맞췄다. 하지만 나는 그럴 수 없었다. 내 귀에는 아무 소리도 들려오지 않았다. 무대 옆쪽에 방금 나타난 조미미를 봤기 때문이다.

조미미는 하늘색 셔츠에 짙은 푸른색 청바지를 입고, 검은색 스니커즈를 신은 채 기타를 조율하고 있었다. 조미미를 보자 잠잠하던 심장이 또 뛰기 시작했다. 아무래도 내 심장은 고장 난 것 같다. 시도 때도 가리지 않고, 내 의지와도 상관없이 제멋대로 마구 뛰어 대니 말이다.

2인조의 노래는 특색이 없었다. 노래 좀 하네, 정도? 하지만 구경꾼들의 흥을 돋우는 데는 딱이었다. 어깨가 들썩들썩할 정도로 신나는 무대였다. 노래가 끝나갈 때쯤 조미미가 벤치에서 일어났다.

"다음 순서는 홍대 여신 미미 양의 무대입니다. 많은 박수 부탁드립니다."

2인조 중 한 명이 그렇게 말했다. 홍대 여신 미미? 왠지 근사해 보인다. 공호가 내 옆구리를 쿡쿡 찌르며 조미미가 서 있는 곳을 가리켰다. 안다. 나도 안다고.

조미미는 기타를 매고 무대 쪽으로 걸어왔다. '홍대 여신 미미'라고 소개했는데도 사람들의 반응은 썰렁했다.

"와우."

갑자기 공호가 환호성을 질렀다. 사람들이 공호를 돌아봤다. 옆에 서 있는 내 얼굴이 다 화끈거렸다. 그런데도 공호는 아랫입술을 손가락으로 잡아 늘린 뒤 요란한 휘파람까지 불어 댔다.

"휘익~"

조미미는 얼굴을 들지 않았다. 눈빛은 사람들과 무대 사이 어느 쯤에 고정하고 있었다. 자기 세계와 이쪽 현실의 어느 중간쯤에 있는 듯했다.

조미미가 기타를 연주하기 시작했다. 주위가 조용해졌다. 곧 기타 연주에 맞춰 노래를 불렀다. 내가 모르는 팝송이었다. 역시 그날 노래방에서 몰래 들었던 바로 그 음색이었다. 한 번 들으면 심장에 와서 박히는 그 애절한 음색.

팝송이 끝나자 공호가 내 귀에 대고 속삭였다.

"쟤, 노래 좀 하는데?"

저건 '노래 좀 하네.' 정도가 아니라 노래를 아주 잘한다고 하는 거다. 뭘 좀 알고 말하든지.

조미미의 노래에는 뭐랄까, 어떤 절박함 같은 게 배어 있었다. 대부분의 〈전국노래자랑〉 참가자들에게서도 절박함을 느낄 수 있었다. 웃기는 사람들도, 노래를 잘하거나, 만담을 하는 사람에게조차도 생애 가장 화려하고 빛나는 순간을 즐기고 싶다는 절박함이 온몸에 배어 있었다.

어느새 조미미의 노래가 끝난 모양이다. 내가 뭘 들었는지 모르겠다. 박수 소리는 처음 조미미를 소개할 때보다 몇 배는 더 컸다. 다행이다.

조미미가 일어나서 허리를 깊이 숙여 인사했다. 공호는 환호성까지 질러가며 열렬하게 박수를 쳤다. 나도 박수를 쳤다. 하지만 조미미는 여전히 사람들을 보지 않고 사람과 무대 사이 어느 지점만을 보고 있었다.

다음 차례는 3인조였다. 젬베와 전자기타, 베이스를 설치하느라 무대가 잠시 소란스러웠다. 그 사이 공호가 내 손목을 잡았다.

"가자."

"또 어디?"

"가 보면 알아."

오늘 공호 참 바쁘다.

왜 하필 나야?

놀이터를 빠져나오자 사람들은 더 많았다. 나는 조미미를 열심히 찾았다. 인파 속에서 조미미 뒷모습이 보였다. 기타를 등에 메고, 주차장 골목 쪽을 향해 내려가고 있었다. 내 마음은 조미미를 따라 내려가려고 하는데 공호가 반대 방향으로 내 손목을 잡아끌고 뛰었다.

홍대 쪽으로 올라가던 공호가 갑자기 골목 쪽으로 방향을 틀었다. 우리는 비좁은 골목길을 빠르게 달려 내려갔다. 골목이 끝나는 곳에 또 사람들이 가득한 큰길이 나왔다. 공호는 큰길로 나가자 재빨리 좌회전으로 몸을 틀어 달리기 시작했다. 멋도 모르고 공호를 따라 달렸다. 미꾸라지처럼 요리조리 사람들을 피해 달리는 공호를 따라 달리느라 숨이 찼다. 위로 조금 올라가자 아까 놀이터에서 내려오는 길과 만났다.

길과 길이 만나는 곳에서 공호는 한참을 두리번거렸다. 그러자 뭔가를 발견했는지 또 내 팔목을 잡고 이번에는 천천히 놀이터 방향으로 걸어가기 시작했다.

사람들 속에서 조미미가 걸어오고 있었다. 그제야 공호의 발칙한 계략을 눈치챘다.

"와, 이게 누구야? 조미미 아냐?"

공호가 조미미를 보더니 연극배우처럼 과장된 목소리로 아는 체를 했다. 조미미가 고개를 들었다. 놀란 표정이었다. 조미미에게도 표정이 있다는 게 놀라웠다. 공호가 내 옆구리를 툭 쳤다.

"어? 어쩐 일이야?"

공호의 연기에 비하면 내 연기는 책 읽는 수준이다. 어색해서 손발이 오그라들 정도. 아무튼 새로운 속담 하나 만들어야겠다. '우정 십 년이면 호흡이 척척 맞는다.'라고

조미미는 당황한 표정으로 뭔가를 말하려고 했지만 결국 아무 말도 하지 않았다.

공호가 여전히 과장된 목소리와 몸짓으로 말했다.

"여기서 이렇게 만난 것도 인연인데 우리 어디 가서…… 그래, 초콜릿 아이스크림이나 먹을까?"

뜬금없이 웬 초콜릿 아이스크림?

공호가 나를 힐끔 보더니 말했다.

"형민이 너 초콜릿 좋아하잖아. 초콜릿 듬뿍 친 아이스크림 먹으러 가자."

조미미 눈빛이 초콜릿이라는 단어에서 흔들렸다. 그래. 공호가 작

성한 신상 조사서 내용이 맞다면 조미미는 초콜릿을 좋아한다. 하지만 나는 초콜릿처럼 단 걸 먹으면 머리가 지끈거리는데?

조미미는 조금 망설이는 듯한 표정이었다. 공호가 쐐기를 박았다.

"가자. 내가 쏠게."

내가 쏠게? 방금 공호가 내가 쏠게라고 했나? 내가 놀란 얼굴로 공호를 봤을 때 공호가 나를 향해 한쪽 눈을 찡끗 했다. 내가 쏘지만 계산은 네가 해라, 뭐 그런 의미?

조미미는 결국 우리를 따라왔다.

카페로 가는 동안 공호가 앞서 걷고 나는 조미미와 나란히 걸었다. 이것도 아마 고도로 계산된 전략 중 하나겠지. 발걸음까지도 조절할 줄 아는 진정한 뚜쟁이 공호.

지금 내 옆에 조미미가 걷고 있다는 게 믿어지지 않았다. 발바닥 밑에는 푹신한 구름이 깔려 있는 것처럼 부드러웠지만 걸을 때마다 내 다리는 후들거렸다. 입안이 바짝 말라 혀가 입천장에 쫙쫙 달라붙었다. 말을 하면 목소리가 떨릴까 봐 아무 말도 못했다.

사람들이 붐비고 시끄러운 거리에서 조금 벗어나자 주택을 개조해서 만든 카페들이 즐비한 한적한 거리가 나왔다. 우리는 조용한 주택가에 있는 카페에 들어갔다. 나뭇결이 살아 있는 가구와 블랙 벽면이 조화를 이룬 아담한 카페였다.

들어가기 전에 지갑에 있는 돈을 생각해 봤다. 마침 며칠 전 용돈을 받아서 아직은 지갑이 두둑하다. 다행이다.

공호는 카페라떼를 시켰고, 나하고 조미미에게는 초콜릿이 잔뜩 올라간 아이스크림을 시켰다. 조미미는 말없이 초콜릿 아이스크림을 떠먹었다. 나도 한 숟갈 떠먹었다. 차가운 것을 먹어도 머리가 아프고, 단 것을 먹어도 머리가 아픈데 이 둘을 한꺼번에 먹으면 머리가 얼마나 지끈거릴까? 하지만 이상했다. 초콜릿 아이스크림, 달콤하고 맛있다.

공호는 쉴 새 없이 떠들어 댔다.

"내가 너희 집 지하에 사는 거 알지? 그동안 몇 번이나 아는 척하려고 했는데 못했다. 그 이유는 네가 너무 심각한 표정으로 지나가 길래 차마 말을 붙일 용기가 없어서 그랬다. 아는 체 못한 거 한꺼번에 사과한다. 미안 백의 백승."

언제는 보면 눈 썩는다고 하더니 지금은 저렇게 조미미와 눈을 마주치며 수다만 잘 떠는 공호. 나를 생각하는 너의 그 우정에 눈물난다. 사랑한다, 친구야.

조미미는 공호 얘기를 열심히 들었다. 분명히 말을 못하는 것은 아닌데 지나치게 말이 없었다. 지나치게 놀라지도, 또 지나치게 감탄하지도 않는 단단한 콘크리트 바닥 같은 표정. 마치 '세상에서 어떤 일이 일어나도 나는 이미 다 알고 있으므로 놀랄 만한 일도 아니다.'라고 그 표정이 말하고 있는 것 같았다. 도대체 어떤 삶을 살아야 열여덟 살짜리 얼굴에서 저런 표정이 나오는지 궁금해졌다.

자기 얘기를 실컷 하던 공호가 조미미에게 물었다.

"근데 넌 언제부터 홍대 여신 미미로 불리게 된 거냐?"

조미미가 수줍게 웃었다. 웃었다! 웃다니! 내 눈을 의심했다. 하지만 그뿐. 조미미는 변명도, 자랑도 하지 않았다.

공호가 카페라떼를 숭늉처럼 벌컥벌컥 마시고 나서 말했다.

"어? 말 안 하는 거 보니까 진짜 홍대 여신인가 보네."

조미미는 아이스크림 숟가락을 만지작거리며 아주 어렵게 입을 열었다.

"여, 여기선 다 호, 홍대 여신이라 그래."

아, 저 달달한 목소리. 노래할 때는 허스키한데 말할 때는 저렇게 부드럽고 달콤하구나. 조미미, 네 매력의 끝은 어디니?

공호가 재빨리 말했다.

"그래도 오리지널이 있을 거 아냐? 너냐?"

조미미 얼굴이 빨개졌다. 은근 귀엽다.

"아, 아냐."

말이 없는 이유를 알겠다. 조미미는 말이 약간 어눌하다. 더듬는 거 같기도 하지만 귀에 거슬릴 정도는 아니다.

공호는 어떻게 해서든 조미미 입을 열게 하려고 이것저것 자꾸 물었다. 노래는 언제부터 했느냐? 노래 말고 또 뭘 잘하냐? 밤에는 늦게 사는 것 같은데 뭐 하냐? 나중에 질문거리가 떨어지자 취미는 뭐냐? 좋아하는 음식은 뭐냐? 심지어는 이런 것도 물었다. 발 사이즈는 몇이야?

조미미는 꽤 난처한 표정이었지만 그래도 묻는 말에 순순히 단답형으로 대답했다. 노래는 어렸을 때부터 좋아했고, 밤에는 주로 곡을 쓰고, 취미는 없고, 좋아하는 음식은 모르겠고, 발 사이즈는 245라고 솔직하게 대답했다. 곡을 쓴다면 노래를 작사 작곡 한다는 거 아냐? 놀랍다. 공호는 더 이상 물어볼 게 없는지 내 옆구리를 툭 치며 "넌 뭐 물어볼 거 없냐?" 하고 물었다.

조미미가 갑자기 정색을 하고 말했다.

"나 아까 노, 노래할 때 너, 너희들 봤어. 혹시 나한테 볼일 있어?"

역시 봤구나. 그럼 그렇지. 공호가 그렇게 호들갑을 떨었는데 우리가 안 보일 리가 없겠지.

그때 공호가 갑자기 휴대전화를 열어 보더니 과장된 목소리로 말했다.

"아이고, 내 정신 좀 봐. 약속 있었는데 깜박했네."

공호는 컵을 입에 대고 커피 한 방울까지 탈탈 털어마시고는 자리에서 일어났다.

"그 대답은 여기 앉아 계신 내 친구가 해 줄 거야. 그렇지, 친구야? 그럼 난 바빠서 이만. 참 조미미 노래 잘 들었다."

공호는 나 혼자 남겨 두고 가 버렸다. 눈치도 빠른 놈.

물을 두 잔이나 마셨지만 계속 목이 탔다.

"그러니까 저……"

계속 이 말만 되풀이하고 있다.

그러니까 저, 내 말은, 너한테 내가 관심이 좀 생겼는데, 그러니까 저, 어떻게 해 보자는 게 아니라, 그러니까 뭐 그렇다고.

제대로 말도 못하고 있는데 조미미가 구세주처럼 말했다.

"너, 〈전국노래자랑〉에 나가니?"

"엉? 응."

"그, 그랬구나."

조미미가 심중을 알 수 없는 표정으로 고개를 끄덕였다.

"할머니가 〈전국노래자랑〉 골수팬이시거든. 다음 녹화 우리 구에서 하잖아. 할머니가 돌아가시기 전에 나랑 거기 나가는 게 소원이라고 하셔서 어쩌다 할머니하고 같이 나가게 됐지 뭐. 근데 걱정이다. 나 노래 정말 못하거든. 끼도 없고. 예심 날짜는 점점 다가오는데 걱정이다. 어떻게 해야 노래 잘하냐? 비결 좀 가르쳐 주라."

죄송합니다 할머니. 할머니를 좀 팔겠습니다.

할머니를 팔았더니 자연스럽게 말이 술술 나왔다. 역시 할머니 효과란!

조미미는 별로 말이 없었다. 말이 없는 대신 내 얘기를 진지한 표정으로 들었다. 너무나 진지해서 내가 말을 하고 있으면서도 조미미에게 빨려 들어갈 것만 같았다. 교실에서 볼 때와는 전혀 달랐다. 교실에서의 조미미는 존재감이 0이었다면 지금 내 앞에 있는 조미미는 존새감 100이다.

조미미가 말했다.

"노래할 때, 그, 그림을 그려 봐."

그림이라고? 노래하고 그림이라니, 엉뚱한 조합 아냐?

"어떤 그림?"

조미미는 신중한 표정으로 말했다.

"노, 노랫말을 그림으로 그리는 거야. 어, 어떤 노랫말이든 이야기가 있고 그 아, 안에 사연이 있어. 노, 노래를 그림으로 그리면 그 노, 노래가 주는 메시지를 더 진, 진실하게 전달할 수 있을 거야."

선생님도 그랬다. 시를 읊을 때는 그 시 내용에 대한 이미지를 떠올려 보라고.

그런데 '잘했군 잘했어'는 어떤 그림을 그려야 할까? 머릿속에서 스케치북과 크레파스를 준비했다는 신호를 보내오는 듯하다. 하지만 지금은 그리기 싫다. 조미미와 이렇게 마주앉아 있는데 그림 그릴 시간이 없다.

시간이 어떻게 흘러갔는지 모르겠다. 나는 〈전국노래자랑〉 얘기로 한 시간을 보냈다. 딱히 다른 할 얘기도 없었다. 〈전국노래자랑〉에 대해서라면 1박 2일을 떠들어도 끝나지 않을 만큼 충분히 많은 것을 알고 있으니까. 조미미는 지루해하는 기색 없이 내 얘기를 들어 주었다. 잘 들어 주니까 더 떠들었다. 시간이 얼마 안 지난 것 같은데 문득 정신을 차리고 밖을 보니 이미 어둑어둑해지기 시작했다. 카페 안은 이미 사람들로 꽉 차서 들어왔다가 그냥 나가는 사람들도 있었다.

한참 내 얘기를 듣던 조미미가 생각난 듯이 손목시계를 들여다봤다. 그제야 정신이 들었다.

"아, 늦었지?"

우리는 어둠이 짙어진 밖으로 나왔다. 사람들은 낮보다 더 많아졌다. 눈을 어디다 둬야 좋을지 모를 만큼 과감한 옷차림을 한 여자들도 많았다.

　지하철을 탔다. 불안하고 초조했다.

　이제 어떻게 하지? 연락처를 물어야 하나? 참, 휴대전화 없다고 했지. 헤어질 때 무슨 말을 할까? 그냥 잘 가라고 할까? 고개를 들어 맞은편 지하철 창문을 바라보았다. 나란히 앉은 조미미와 내가 보였다. 가슴이 아까보다 더 불안하고 초조했다. 그리고 두근거렸다.

　조미미의 집 앞에서 잠시 고민하고 있는데 조미미가 물었다.

　"나한테 볼일이 뭐야?"

　고맙게도 조미미가 나에게 할 말을 알려 주었다. 이제 용기를 낼 때다.

　"사실은 너한테 관심 있어."

　조미미는 전혀 뜻밖이라는 듯 놀란 표정을 지었다.

　"왜?"

　놀란 건 나도 마찬가지다. 도대체 내가 왜? 더 이상 아무 말도 생각나지 않았다. 머릿속이 하얗게 비워지는 느낌. 그 이유를 나도 모르는데 뭐라고 대답하지?

　조미미가 정말 모르겠다는 표정으로 다시 물었다.

　"왜 하필 나야?"

왜 하필 너냐고?

왜 하필 너냐고?

그걸 알면 내가 지금 여기 있지도 않았겠지. 네가 처음 내 마음에 들어왔던 때가 언제였지? 노래방에서 노래를 부르던 너를 몰래 훔쳐보았을 때. 그때의 너에게 끌렸었나, 아니면 너의 그 노래에 끌렸었나? 그것도 아니면 언젠가 공호가 '세 시 방향을 봐.' 했을 때 순간적으로 너와 눈이 마주쳤던 그때였었나. 언제부터였는지 모르겠다. 벽에 걸려 있는 철 지난 달력처럼 누군가 봐 주지 않는 너를 바라보기 시작했던 게. 삐뚜름하게 걸려 있는 그 달력을 똑바로 걸어 주고 싶은 마음이 들었던 게.

왜 하필 너냐고?

나도 그 문제로 꽤 많이 고민했다. 내가 태어나서 처음으로 관심을 갖게 된 이성이 왜 하필 보면 눈이 썩고, 만지면 손이 썩는다는 전교 왕따 조미미인지. 하지만 아무리 고민해 봐도 그 이유를 모르겠다. 내가 태어난 것에 대한 이유를 밝힐 수 없는 것처럼, 그냥 태어났으니까 살아가는 것처럼, 그냥 네가 내 마음속에 들어왔기 때문에 너인 거다.

그런데 이제 너를 내 속에서 내보낼 수가 없다. 아담과 하와가 에덴동산에서 선악과를 따먹은 뒤 자신들이 벌거벗은 부끄러운 존재라는 것을 알게 된 것처럼 그래서 다시는 에덴동산으로 가게 될 수 없는 것처럼, 나는 너를 알게 된 이전으로 돌아갈 수가 없다.

나는 희망을 버리고 행복해지는 쪽보다 희망을 가지고 불행해지는 쪽을 선택할 수밖에 없다. 아니, 어쩌면 내가 한 선택이 아닐 수도 있다. 그냥 그렇게 되도록 운명적으로 결정지어졌는지도 모르겠다.

집에 돌아와서도 한참을 잠 못 이루고 뒤척였다. 눈을 뜨면 기타를 치며 노래를 하던 조미미의 모습이 천장에 그려졌고 이불을 뒤집어 쓰면 이불 속에 조미미의 모습이 보였다. 그리고 조미미의 노랫소리가 들려왔다.

겨우 잠이 들었다가도 기타 소리에 깜짝 놀라 눈을 떴다. 깜깜한 방에서는 똑딱똑딱 시계 초침 돌아가는 소리만 날뿐 기타 소리는 들리지 않았다.

학교에 갔다.

공호는 다크서클이 눈 아래까지 내려왔다고 호들갑을 떨었지만 나는 괜찮았다.

하지만 교실의 공기부터 어제와는 전혀 다르게 느껴졌다. 공기는 달달했고 아이들 얼굴은 다 예뻤다. 선생님이 읊어 주는 시는 다 내 얘기 같았고 수업 시간도 즐거웠다. 수학 시간에 문제를 못 푼다고 혼나면서도 실실 웃어서 더 혼났다. 그냥 허파에 바람이 들어간 것처럼 웃음이 나왔다.

어떻게 이렇게 하루 만에 세상이 달라질 수가 있는지 놀랍고 신기했다.

조미미는 여전히 철 지난 달력처럼 혼자 앉아 있었다. 온종일 조미미의 뒷모습을 바라보는 것만으로도 행복했다. 같은 교실에서 그 애가 내뱉은 공기를 내가 마시고 내가 마셨던 공기를 그 애가 마시고 있다고 생각하니까 교실이 우리 둘만을 위한 은밀한 공간처럼 느껴졌다.

전에는 죽을 것처럼 힘들었는데 이제는 죽을 것처럼 행복하다.

점심시간이 되자 공호에게 먼저 급식실로 내려가라고 했다. 공호는 사랑 때문에 십 년 우정이 밀려났다고 투덜대면서도 당분간 봐줄 테니 잘해 보라는 말을 남기고 급식실로 달려갔다. 반 아이들이 모두 교실을 나간 뒤 맨 마지막으로 교실을 나섰다. 맨 마지막에 줄을 서야 하기 때문이다.

조미미는 오늘도 어김없이 무심한 표정으로 줄 끝에 서 있었다.

식판을 들고 조미미 앞자리로 가서 앉았다. 조미미는 고개를 숙인 채 천천히 밥을 먹었다. 내가 앞자리에 앉아 있는데도 본 척도 하지 않았다. 그래도 괜찮다. 이렇게 마주 앉아서 밥을 먹을 수 있다는 것만으로도 만족한다.

여자아이들의 시선이 느껴졌다. 분위기가 이상해서 고개를 돌려 보면 여자아이들은 재빨리 고개를 돌렸다. 어떤 여자아이는 내가 절대로 가까이 해서는 안 되는 괴물을 상대하고 있다는 듯이 이상한 표정으로 나를 빤히 봤다.

"밥 먹고 뭐 할 거니?"

조미미에게 물었는데, 조미미는 아무 대답도 하지 않았다. 손가락으로 조미미 식판 앞을 톡톡 두드렸다. 그제야 조미미가 고개를 들었다.

"밥 먹고 뭐 할 거냐고."

여자아이들이 수군거리는 소리가 들렸다.

조미미가 기어들어가는 목소리로 말했다.

"왜?"

"할 말이 있어서."

"뭔데?"

"하여튼 있어. 밥 먹고 소각장 옆으로 와."

조미미는 아무 대답도 하지 않았다. 젓가락으로 밥알을 세듯이 깨작거리고만 있을 뿐. 나는 빈 식판을 들고 일어났다.

식판을 놓고 식당을 나오는데 우리 반 박유정이 내 앞을 가로막았다. 학기 초에 박유정은 나한테 사귀자고 했다. 똑똑하고 얼굴도 그런 대로 예쁘고 공부도 잘하지만 내 타입은 아니었기 때문에 거절했는데 그다음 날 박유정은 내 짝 박영수에게 사귀자고 말했다.

"야, 김형민."

박유정이 불량한 표정으로 나를 불렀다.

"왜?"

박유정은 아직도 식당에서 밥을 먹고 있는 조미미를 눈으로 가리키며 말했다.

"너 쟤랑 무슨 얘기했냐?"

"그게 왜 궁금한데?"

"묻는 말에나 대답하시지."

"싫은데?"

박유정이 나를 노려보며 물었다.

"너 쟤한테 관심 있냐?"

나는 긍정도 부정도 하지 않았다. 박유정이 경멸이 가득 담긴 표정으로 말했다.

"너 생각보다 눈 꽤 낮다."

"좀 비켜 줄래?"

박유정이 옆으로 비켜섰다. 박유정 옆을 스쳐 지나가는데 왠지 모를 찬 기운이 느껴졌다.

지금은 소각장을 사용하지 않기 때문에 소각장이 있는 교사 뒤쪽은 낮에도 아이들이 별로 다니지 않는다.

소각장 옆 벤치에 앉아서 조미미를 기다렸다.

올까? 안 올까? 올까? 안 올까?

마음이 시계추처럼 끝없이 이쪽과 저쪽을 오락가락했다. 그런데 얼마 뒤 조미미가 나타났다. 설마 했는데 진짜로 나타난 거다. 조미미를 보는 순간 숨이 턱 막혔다.

조미미는 내가 앉아 있는 곳에서 조금 떨어져 앉았다. 바로 옆에 앉아도 되는데, 조미미 옆으로 더 다가앉을까 하다가 말았다.

막상 옆에 이렇게 앉아 있으니까 긴장돼서 입안이 바짝바짝 말랐다.

조미미는 내가 먼저 입을 열 때까지 잠자코 기다렸다.

나는 심호흡을 한 번 하고 나서 준비해 둔 말을 하기 시작했다.

"난 부모님이 안 계셔. 돌아가신 건 아니고 내가 어렸을 때 두 분 다 집을 나가셨어. 지금은 할머니하고 둘이 살아. 앞으로 뭐가 되고 싶은지는 잘 몰라. 그냥 좋은 사람이 되고 싶어. 내 성격은 그냥 평범한 것 같아. 성적은, 음…… 비밀. 술, 담배는 안 하고, 내 절친은 너도 알지? 공호."

조미미는 여전히 진지한 표정으로 내 얘기를 들었다. 지금까지 살면서 저렇게 진지한 표정으로 다른 사람 얘기를 듣는 사람은 선생님 빼고 처음 봤다. 나는 신이 나서 계속 말했다.

"내가 싫어하는 음식은 번데기야. 번데기 빼고는 다 좋아해. 참, 우리 할머니가 시장에서 반찬 가게 하는데 우리 할머니가 만든 반찬은 다 좋아해. 그리고 취미는……."

조미미가 갑자기 내 말을 가로막았다.

"왜 그걸 나한테 마, 말하는데?"

왜? 갑자기 할 말이 없어졌다. 그렇게 안 봤는데 조미미 눈치 정말 없다. 이 정도 나오면 대충 내가 왜 이러는지 눈치채야 하는 거 아냐?

그나저나 뭐라고 해야 하지?

"난 그냥 네가 나에 대해서 궁금해할까 봐."

조미미는 전혀 궁금하지 않다는 듯 무심한 표정으로 나를 봤다. 나는 재빨리 말머리를 돌렸다.

"아니, 더 솔직히 말하면 사실 널 알고 싶어."

"왜?"

"왜냐하면, 나 너 노래 좋아해. 네 팬이거든."

아, 이런. 마음에도 없는 말이 튀어 나왔다. 그제야 조미미가 고개를 끄덕거렸다.

조미미가 말했다.

"난, 난독증이 이, 있어."

난독증? 글을 잘 읽을 수 없는 거? 세계적인 배우 톰 크루즈도 앓고 있다는 바로 그거?

조미미가 난독증이 있다는 얘기는 처음 들었다. 아무도 조미미에 대해서 말해 주지 않았으니 알 수가 없었겠지. 그랬구나. 그래서 시도 못 외우고, 공부도 못하는 거였구나. 가슴 한쪽이 싸해졌다.

조미미가 계속 말했다.

"우리 부모님은 두 분 다 청각 장애인이셔."

"알아."

조미미는 놀라는 눈치였다. '난 네 비밀을 더 많이 알고 있어.'라고 말하려다가 내가 스토커가 된 거 같아서 그만뒀다.

"공호가 말해 줬어. 너희 집 아래 살잖아."

공호를 팔았다. 그제야 조미미는 살며시 고개를 끄덕였다.

조미미의 이름이 조미미가 된 것은 가수 조미미를 좋아하던 할머니 때문이라고 했다. 가수 조미미는 '바다가 육지라면' '서산 갯마을' 같은 노래를 부른, 한 시대를 풍미했던 미녀 가수였다고 한다. 조미미네 할머니는 돌아가실 때도 '바다가 육지라면'을 틀어 달라고 하실 정도로 가수 조미미를 좋아했다고 한다.

조미미의 아빠는 선천적으로 청각 장애를 갖고 태어났기 때문에 한 번도 가수 조미미의 노래를 들어 본 적이 없다고 했다. 하지만 어머니가 가수 조미미 노래를 좋아한다는 것은 알고 조미미의 아빠는 딸 이름을 조미미라고 지었다고 한다. 어머니를 위해서.

"나는 어, 어려서부터 울음소리가 우렁찼대. 한 번 울기 시작하면 온 동네가 떠들썩할 정도로 시끄러웠대. 아, 아마 부모님 때, 때문이었을 거야. 아무리 우, 울어도 부, 부모님께서는 내, 내가 우, 우는지 모르셨겠지. 그, 그래서 내 목소리가 발달한 것 같다고 할머니가 말씀하셨어."

"그래서 네가 노래를 잘하나 보다."

역시 노래를 잘하는 이유가 있었구나.

"어렸을 때 언제부턴가 우리 부, 부모님이 내 말을 못 알아듣는다는 걸 알았어. 우리 집은 늘 조용했어. 텔레비전도 라디오도 어, 없었거든. 난 엄마하고 말로 대, 대화를 할 수 없었어. 애들도 내, 내가 말더듬이라고 안 놀아 주고. 그래서 노래를 했던 거 같아. 노래를 하면 혼자 있어도 외, 외롭지도 않고 엄마하고 대화를 하지 않아도 답답하지도 않았으니까. 노래만이 내 유일한 친구였어."

이렇게 길게 말할 수 있는데 왜 그동안 교실에서는 한마디도 안 했지?

"노래할 땐 어떤 기분이 들어?"

"내가 없어지는 기분."

"없어지는 기분?"

"응. 내가 완전히 사라져."

새로운 조미미의 발견이다. 황금으로 가득 찬 동굴을 통째로 발견한 기분이다.

"사라진다는 건 어떤 거야?"

"공부도 못하고 전교 왕따에 마, 말더듬이인 나는 사라지고, 오직 노래 속에서 살아 숨 쉬는 다른 내가 되는 것."

노래를 부르며, 그 노래 속으로 들어가 노랫말의 주인공이 되어 또 다른 인간이 되는 조미미. 그래서 왕따여도 전혀 왕따처럼 안 느껴졌구나. 그동안 조미미는 얼마나 많은 '또 다른 나'의 삶을 살아왔을까?

선생님이 시를 읊어 줄 때 나도 그랬다. 눈을 감고 시 속으로 들어갔다. 그때마다 원래의 나는 사라지고 시 속에서 또 다른 내가 태어났다.

그러고 보니 조미미와 나, 공통점이 있다. 노래와 시를 통해 다른 세계로 들어가서 다른 자신을 만나는 것.

조미미가 시계를 보더니 놀란 얼굴로 일어났다.

"수, 수업 시작했어."

휴대전화를 봤다. 수업을 시작한 지 벌써 이십 분이나 지났다. 이 분밖에 안 지난 것 같은데. 더구나 5교시는 국어 시간인데, 큰일 났다. 우리는 전속력으로 교실을 향해 달려갔다.

교실 뒷문을 열었을 때 반 아이들이 일제히 뒤돌아봤다. 국어책을 들고 읽고 있던 선생님은 당황한 얼굴로 나와 조미미를 번갈아 보았다. 그러고는 화난 말투로 물었다.

"너희 둘, 어디 갔다 이제 오니?"

나는 허리를 꾸벅 숙였다.

"죄송합니다."

자리로 돌아와 앉는데 온몸이 따끔거렸다. 아이들이 보내는 시선이 가시가 되어 내 몸에 박히는 기분이었다. 조미미가 걱정됐다. 조미미는 전혀 표정 변화 없이 자기 자리로 가서 앉았다.

수업 시간 내내 선생님은 굉장히 화가 나 보였다. 나하고 눈이 마주쳐도 재빨리 내 눈을 피했다. 한 번도 웃지 않았다. 평소 때와는 전혀 달랐다.

수업이 끝날 때쯤 선생님이 이번 기말고사에서 좋은 성적 내도록 열심히 공부하라고 말했다. 성적이 나쁜 애들은 우리 반 평균 성적 갉아먹지 않도록 특히 더 노력하라고 말하면서 조미미를 바라보았다. 아이들이 일제히 조미미 쪽을 봤다. 하지만 선생님과 아이들의 노골적인 시선을 받은 조미미는 생각보다 의연했다. 당황하거나 난

처해하거나 괴로워 보이지 않았다. 표정 변화가 없었다. 어쩌면 조미미는 내가 생각하는 것보다 훨씬 강한 멘탈의 소유자일지도 모른다고 생각했다.

왕따가 되는 법

 나는 아침마다 삼십 분씩 더 일찍 일어난다. 평소에는 세수도 겨우 했는데 요즘은 아침마다 샤워를 한다. 교복도 빳빳하게 다리고 왁스로 머리도 꼿꼿이 세운다. 피부에도 신경을 쓴다. 평소에 바르지 않던 스킨과 로션도 꼼꼼히 바른다. 할머니는 아침마다 일어나기 싫어서 뭉그적대던 내가 스스로, 그것도 삼십 분이나 일찍 일어나 몸치장을 하자 당연히 이 모든 것이 〈전국노래자랑〉 때문이라고 생각하시는 듯했다.
 "벌써부터 때 빼고 광내면 테레비에 아주 잘 나오겠다."
 할머니에 비하면 나는 때 빼고 광내는 것도 아니다. 할머니는 퍼머한 지 얼마 되지도 않았는데 또 머리를 뽀글뽀글 볶았다. 생전 안 하던 화장도 했다. 파운데이션이 주름 가득한 새까만 피부 위를 둥둥 떠다녔다. 눈두덩에 바른 새파란 아이섀도와 새빨갛게 바른 입술 화장이 어색했다. 시장 안 화장품 가게 누나가 매니큐어를 칠해 주었다는 손톱을 보니 마치 다른 사람 손 같았다. 그래도 할머니의 생기발랄한 모습이 좋았다.

벌써부터 그날 뭐 입고 갈까 걱정하고, 얼굴에 신경을 쓰는 할머니를 보며 '아무리 늙어도 할머니는 여자구나.' 하는 생각이 들었다. 그래서 객관적으로 보면 안 예뻤지만 주관적인 느낌을 말해 줬다.

"할머니는 어떻게 해도 다 예뻐."

내가 때 빼고 광내는 건 〈전국노래자랑〉 때문이 아니라 조미미 때문이다. 나도 남자니까 조미미에게 멋지게 보이고 싶었다.

그런데 솔직히 내가 조미미와 사귀는 건지 아닌지 잘 모르겠다. 주로 나는 바라보는 쪽이다. 수업 시간에 조미미의 뒷모습을 보고, 조미미가 화장실에 갈 때면 따라갔다가 화장실에서 나오는 조미미 뒤를 따라 교실로 돌아온다. 점심을 먹고 나서는 조미미에게 소각장으로 오라고 말하고 늘 먼저 가서 기다린다.

문자 메시지를 보내고 싶지만 조미미는 휴대전화가 없다. 연락할 방법이 없다. 그래서 짧은 점심시간, 조미미와 단둘이 있다는 것만으로도 만족해야 했다.

둘이 있으면 조미미는 주로 음악에 대해 얘기하고 나는 시에 대해 얘기했다. 시와 음악은 고통스러운 현실에서 한 발짝 다른 세계로 데려간다는 점이 닮았다. 시를 읊고 있거나 음악을 듣고 있으면 그 짧은 순간이나마 이 세상에는 존재하지 않는, 하지만 어딘가에 존재하고 있을 것만 같은 세계로 들어갈 수 있다. 아름답다는 의미를 나는 아직 모르지만 외로움이나 고통마저도 그 세계에서는 아름다움으로 승화되어 마음이 한없이 편안한 상태가 된다.

조미미와 얘기를 하면서 나는 막연하게 내가 시인이 되고 싶다는 생각을 했다. 조미미는 노래를 하고 나는 시를 쓰고 그렇게 언제까지나 함께했으면 했다.

내가 조미미와 사귄다는 소문이 교실 안에 퍼졌다. 여자아이들은 노골적으로 무시하는 듯한 눈빛을 나한테 보냈다.

희망을 버리고 불행해지는 쪽을 선택했으니 어떤 고난도 감수해야겠다고 생각했다. 하지만 나 혼자 불행해지는 건 얼마든지 참을 수가 있었다. 문제는 조미미다.

여자아이들이 노골적으로 조미미를 괴롭히기 시작한 거다. 조미미가 지나갈 때, 박유정과 그 일당들이 코를 틀어막으며 "어우, 머리 냄새." 하고 큰 소리로 말하는 걸 들었다. 박유정 일당이 조미미 자리 근처에서 조미미를 노려보며 자기네들끼리 수군거리는 것도 봤다.

수업 시간에는 맨 뒤에 앉은 박유정이 보낸 메모지가 선생님의 눈을 피해 손에서 손으로 전달되어 조미미에게 향했다. 나는 그 메모지를 중간에서 가로채서 읽었다.

> 넌 벌레야. 너 같은 건 죽어야 돼.
> 우리 반 평균 성적 갉아먹지 말고
> 시궁창에나 빠져 죽어라.

메모를 읽은 나는 참다못해 박유정을 불러냈다. 박유정은 고드름처럼 차갑고 날카로운 표정으로 나를 노려봤다.

"나 바빠. 왜 보자는 건데?"

나는 내가 지을 수 있는 최대한의 비굴한 표정을 지어 보이며 말했다.

"부탁이다. 조미미 괴롭히지 말아 줘."

박유정은 나를 매섭게 노려봤다.

"네가 이러면 그년한테 더 손해라는 거 몰라?"

"내가 어떡하면 되겠니?"

"조미미하고 찢어져."

도대체 내가 왜 저 아이에게 이런 말을 들어야 하는지 모르겠다. 하지만 그래도 지금은 박유정이 갑이다. 나를 위해서가 아니라 조미미를 위해서 비굴해질 필요가 있다.

"아직 조미미하고 정식으로 사귀는 것도 아냐."

"그럼 잘됐네. 걔한테 관심 꺼."

"도대체 왜 그렇게 조미미를 싫어하는 거냐?"

박유정이 비웃는 얼굴로 말했다.

"솔직히 조미미 걔, 너하고 사귀기 전에는 관심도 없었거든? 헌데 너하고 같이 다니는 거 보니까 괜히 짜증나. 그럴 만한 가치도 없는 게 어떻게 꼬릴 쳤기에 너랑 사귀게 된 거냐고. 왕따면 왕따답게 조용히 살아야지. 왜 연애질이야? 기분 나쁘게."

놀랍도록 솔직한 말이기도 하고 놀랍도록 잔인한 말이기도 하다.

어제 TV에 왕따로 고통받고 있던 한 중학생이 자살했다는 뉴스가 나왔다. 그 중학생은 친구들에게 끊임없이 괴롭힘을 당했다고 한다. 볼펜에 찔리고, 모욕을 당하고, 친구의 심부름을 해 주고, 돈도 빼앗기던 그 중학생은 19층에서 뛰어내렸다. 뛰어내리기 전 그 중학생은 자기를 괴롭히던 친구에게 문자를 보냈다고 한다.

너 내 장례식에 오면 가만 안 둬.

자식. 죽으면 자기 장례식에 그 녀석이 온다는 것도 모를 텐데, 어떻게 가만 안 둘 건데? 가만 안 둘 거면 살아서 어떻게든 조져 놨어야지.

중학교 1학년 때 우리 반에도 자살한 애가 있었다. 그 애도 친구에게 괴롭힘을 당했었다. 언젠가 교실 뒤에서 그 애가 심하게 주먹질을 하는 걸 봤다. 상대는 그 애와 초등학교 때부터 가장 친했던 친구였다. 그 애가 주먹으로 상대의 얼굴을 한 대 치면 상대는 또 주먹으로 그 애 얼굴을 한 대 쳤다. 그렇게 서로 주거니 받거니 한 대씩 쳤다. 이상한 결투였다. 싸우는 거라면 서로 한 대라도 더 때리려고 치고 박고 난리도 아니었을 텐데 그 둘은 마치 형님 먼저, 아우 먼저 하듯이 사이좋게 한 대씩 주먹을 주고받았다.

그 애는 때리면서 울었다. 맞으면서도 울었다. 상대 애도 때리면서 울고 맞으면서 울었다.

그 아이들 앞에는 또 다른 한 명이 떡 버티고 서 있었다. 그놈이 바로 그날의 결투를 하게 만든 장본인이었다. 초등학교 때부터 일진으로 소문이 자자했던 그놈은 자기는 손가락 하나 까딱 하지 않고 그 둘을 만신창이로 만들어 버렸다. 교묘하기 짝이 없는 그놈은 그렇게 해서 선생님들의 감시를 빠져나갔다.

"난 손가락 하나도 안 댔어요, 쟤네 둘이 싸운 거라고요."

다음 날 아침, 괴롭힘을 당하던 그 애는 안방에 있는 엄마에게 학교에 다녀오겠다는 인사를 했다. 엄마는 화장을 하고 있었기 때문에 거울에 비친 그 애를 보며 "그래, 잘 다녀와." 하고 말했다. 그 애는 현관으로 나가지 않고 베란다로 나갔다. 마지막으로 엄마 휴대전화에 '미안해.'라는 문자를 보내고 19층에서 뛰어내렸다. 엄마는 아이라인을 그리다가 밖에서 쿵 하는 소리를 들었다. "무슨 소리지? 아이라인이 삐뚤어졌네. 에이." 엄마는 삐뚤게 그려진 아이라인을 지우고 다시 똑바로 그렸다. 그로부터 몇 분 뒤, 방송이 나왔다. "방금 한 학생이 뛰어내렸습니다. 신분 확인을 해야 하니 508동 1, 2라인에서 중학교에 다니는 남학생이 있는 입주자분들은 508호 화단 앞으로 나와 주시기 바랍니다. 다시 한 번 말씀드립니다."

왕따는 십 년 전에도 있었고, 지금도 있고, 앞으로도 있을 거니까. 아마 모르긴 몰라도 알타미라 동굴에도 '왕따'라는 단어는 써 있었을 것이다.

세상은 변하고 발전한다지만 나는 그렇게 생각하지 않는다. 세상은 변하지도 않고 발전하지도 않는다. 다만 돌고 돌 뿐이다.

아무리 왕따 예방 프로그램을 돌려도 소용없다. 아이들은 늘 새

롭게 바뀌고, 왕따 바이러스는 학교에 늘 잠복해 있어 언제라도 숙주를 만날 준비가 돼 있으니까.

왕따를 당하면 부모나 선생에게 도움을 청하라고? 천만의 말씀이다. 부모나 선생에게 말했다가는 그날로 끝이다. 오히려 처절한 보복으로 인한 고통만 가중될 뿐이다. 교실에서 일어나는 일에 관한 한 부모나 선생이 해 줄 수 있는 건 거의 없다. 본인 스스로 헤쳐 나가야 한다.

헤쳐 나갈 자신이 없으면 그냥 왕따로 사는 거다. 조미미처럼.

왕따가 되는 건 아주 간단하다. 왕따하고 친구가 되면 된다.

조미미와 사귀면서 나도 자연스럽게 왕따가 됐다. 아무도 나에게 말을 걸지 않았지만 나를 두고 나에 대한 이야기를 많이 했다.

여자아이들은 내가 지나가면 코를 쥐어 막으며 "어우, 구린내." 하면서 내가 잘 들을 수 있도록 큰 소리로 말했다. 아침마다 샤워를 하고 매일 속옷을 갈아입고 향수까지 뿌리는데 구린내라니. 왕따 시키는 애들 코는 향수에서도 구린내를 맡고, 그런 애들 눈에는 천사도 악마로 보이나 보다. 그 아이들의 억지스러운 말을 들으면서도 가만히 있을 수밖에 없었다.

나에 대한 이상한 소문도 퍼졌다. 나도 모르는 사이 나는 학교의 거의 모든 여자애들에게 껄떡거리다가 마지막으로 전교 왕따에게까지 손을 뻗은 바람둥이가 되어 있었다. 너무 기가 막혀서 웃음밖에 나오지 않았다. 그 소문을 전해 준 공호도 어이가 없는지 "네가 바람둥이면 난 카사노바다." 하면서 웃었다.

　반 아이들이 그러는 건 그래도 이해할 수 있었다. 하지만 선생님까지 나를 의심의 눈초리로 보는 건 좀 이해가 안 됐다.

　수업이 끝나고 야간 자율 학습 준비를 하고 있는데 반장이 나를 불렀다.

　"담임이 너 오라셔."

　교무실로 내려갔다.

　선생님은 우리 반 1등 송호영과 얘기를 나누고 있었다. 매일 야간 자율 학습을 빠지더니 오늘은 선생님께 걸린 모양이다. 선생님 옆에 송호영이 얌전히 앉아 있었다. 조용히 선생님 뒤쪽으로 가서 이야기가 끝나기를 기다렸다. 선생님과 송호영은 내가 다가가는 것을 눈치채지 못한 듯했다.

　"선생님이 너한테 어떤 기대를 갖고 있는지 알지?"

　선생님의 말씀이 등 뒤에 서 있는 내게도 다 들렸다. 송호영은 고개를 푹 숙인 채 앉아 있었다.

　"무슨 이유로 야간 자율 학습을 계속 빠졌는지 묻지는 않을게. 선생님은 널 믿으니까. 지금은 힘든 터널을 지나는 중이지만 이 터널은 순식간에 지나갈 거야. 참고 견디면 밝은 세상에서 환하게 웃는 날이 분명히 와."

　선생님의 말이 귀에 익숙했다. 언젠가 나한테도 저런 말을 해 줬는데……. 송호영은 여전히 아무 말도 없었다. 선생님이 송호영의 손을 꼭 잡고 계속 말했다.

"우리 반에 할머니 밑에서 어렵게 사는 애도 있고 부모님이 장애인인 애도 있다는 거 알고 있지? 걔들은 꿈을 꾸는 것부터 제한되어 있어. 아무리 벗어나려고 해도 벗어날 수 없는 삶인 걸. 하지만 넌 그 아이들과 다르잖아. 의사이신 너희 부모님들은 네가 꿈꾸는 삶을 살 수 있도록 뒷받침해 주실 텐데. 그런데 호영아, 공부하지 않으면 꿈꾸는 삶도 필요가 없단다. 지금 공부해야 해. 공부해서 좋은 대학 가야 남들이 꿈꾸는 삶을 네가 살 수 있고, 너는 거기에서 또 다른 꿈을 꿀 수 있단다. 시기 놓치면 안 돼."

선생님은 송호영의 어깨를 토닥토닥 두드려 주셨다. 살짝 목례를 하고 송호영이 자리에서 일어났다. 나는 도둑질하다 들킨 것처럼 그 자리에 얼어붙어 버렸다. 그 자리를 떠나고 싶었지만 발이 떨어지지 않았다. 귀에서 자꾸만 이명이 들렸다. 웅웅, 웅웅. 이명은 수천만 마리의 벌떼들 날갯짓 소리 같기도 하고, 커다란 모터가 돌아가는 소리 같기도 했다. 다른 소리는 아무것도 들리지 않았다.

이명을 뚫고 내 자신이 하는 말이 들려왔다.

가난한 사람은 꿈 꿀 수 있는 자유까지 제한되어 있나요? 할머니와 단둘이 사는 아이와 장애인 부모님을 둔 아이의 삶은 이미 정해져 있는 것인가요? 나 같은 애는 아무리 발버둥 쳐도 살 수 없는 세상, 그곳은 어떤 세상인가요?

송호영은 굳은 얼굴로 내 옆을 지나 교무실 현관 쪽으로 걸어갔다. 나도 송호영을 따라 교무실에서 나가고 싶었다. 내 발이 바닥에서 떨어지기만 한다면. 하지만 발은 본드로 붙여 놓은 것처럼 좀처럼 움직이지 않았다.

이상한 낌새를 눈치챘는지 선생님이 고개를 홱 돌렸다. 선생님과 눈이 마주쳤다. 선생님의 눈빛이 순간 흔들리고 있다는 것이 느껴졌다. 그러나 태연한 척 말씀하셨다.

"왔니?"

차갑고 짧게.

선생님은 책상 한쪽에 있는 지갑을 들어 내게 보여 주셨다.

"이거 네 거니?"

선생님이 사무적인 말투로 물었다. 나는 겨우 대답했다.

"예."

입에 풀을 바른 것 같이 입이 떨어지지 않았다.

선생님은 손에 든 지갑을 까딱까딱 흔들었다. 받아가라는 뜻으로 알아듣고 지갑을 받았다. 지갑을 잃어버린 줄도 몰랐는데…….

"어떤 애가 화장실에서 주웠대. 가져가."

이제 이곳에서 빠져나가기만 하면 된다. 문까지 걸어갈 일이 걱정이다. 아직도 후들거리는 내 두 다리.

돌아서서 겨우 한 걸음 떼려는데 등 뒤에서 선생님이 물었다.

"너 조미미랑 사귀니?"

나는 다시 선생님을 향해 돌아섰다.

"아직은 좀……. 시작하는 단계라서요."

선생님이 또 물었다.

"그럼 그때 말한 어려운 상대가 바로 조미미였니?"

나는 죄인처럼 고개만 푹 숙인 채 기어들어가는 목소리로 대답했다.
"예."
선생님의 표정이 굳어지더니 얼굴이 붉게 달아올랐다. 그러고는 갑자기 탁, 탁 소리가 나게 책을 정리하고 신경질적으로 책꽂이에 꽂았다. 가야 할 타이밍이 언제인지 모르겠다. 책상 정리를 하다 말고 선생님이 나를 빤히 올려다보며 말했다.
"뭐 해? 가 봐."
교무실을 나왔다.
지갑 안에는 학생증, 도서대출증 등이 그대로 들어 있었다. 몇 천 원 있었던 돈은 없어졌다. 지갑을 뒤적이다가 메모지를 발견했다. 공호가 롯데리아에서 건네 준 조미미 신상 조사서였다. 선생님이 이걸 읽으셨을까?
교실로 올라가려다가 운동장으로 나갔다. 운동장은 텅 비어 있었다. 언젠가 선생님이 나를 안아 줬던 벤치로 가서 앉았다. 내 손바닥을 내려다보았다. 그날 기호가 만들어 준 상처가 있던 곳은 멀쩡하다. 어차피 가짜 상처였으니까. 그러니 어차피 선생님의 위로는 아무것도 아니다.
나는 내 마음속에서 선생님을 내보내기로 했다. 내 마음의 문을 열고 들어온 건 선생님이지만 선생님을 내보낸 것은 나다. 선생님이 먼저 나간 게 아니라 내가 먼저 선생님을 내보냈다고 생각하니 조금 덜 슬퍼졌다. 선생님을 내보내기 위해 활짝 연 문으로 바람이 들어왔다. 시원하게 아팠다.

야간 자율 학습을 하는 교실에서 환한 불빛이 쏟아져 나왔다. 불빛은 이제 막 밀려오기 시작하는 어둠 속에서 점점 더 밝아졌다.
나는 어둠이 밀려오는 벤치에 오래 앉아 있었다.

세상에서 제일 예쁜 꽃

　당분간 〈전국노래자랑〉만 생각하기로 했다. 예심 무대만 밟으면 만족이라는 생각을 버렸다. 어떻게 해서든 본선에 진출하고 싶은 마음이 생겼다. 내 알량한 오기 탓이겠지.
　관광버스 춤 가지고는 좀 약하다. 전주 부분에 랩을 넣기로 했다. 할머니가 관광버스 춤을 추는 동안 나는 랩을 하기로 했다.
　내가 랩을 한다고 하자 공호는 배를 쥐고 웃었다.
　"네가 랩을 하다고? 사랑은 김형민도 랩을 하게 만드는구나, 아, 위대한 사랑의 힘이여."
　공호는 그렇게 놀렸다.
　그래, 내가 랩을 한다. 못할 게 뭐 있냐? 국어 책을 빠르게 읽듯이 그냥 리듬을 타고 속사포처럼 쏴 대면 그게 랩이지. 머리를 짜내 랩을 썼다.

옛날 우리 집에는 뒤뜰이 있었어.
나는 배가 고파 병아리를 따라다녔어.
할머니 저 병아리는 언제 잡아먹어?
할머니 대답하셨지.
이 녀석아. 저건 씨암탉으로 키울 거란다.

옛날 우리 집에는 외양간도 있었어.
나는 우유가 먹고 싶어 송아지를 따라다녔어.
할머니 저 젖소에서는 언제 우유가 나와?
할머니 대답하셨지.
이 녀석아. 저 소는 황소란다.

할머니에게 조미미가 말한 대로 가사 내용을 마음속으로 그리면서 부르라고 가르쳐 주었다.
"할머니, 옛날에 살던 집 기억나?"
"응. 기억나."
"그 집 뒤뜰에 삐악삐악 병아리 한 쌍이 놀고 있어. 아냐, 삶아 먹으려면 병아리보단 좀 더 큰 중닭이겠다. 그 중닭이 뛰어놀고 있어. 보여?"
"그래. 보여."
"그럼 내가 입맛을 다시며 그 닭들을 보고 있는 거야. 몸이 허한 손자가 닭을 보고 군침을 흘리는데 할머니는 어떻겠어? 삶아 주고 싶겠지. 할머니한테 미안하니까 내가 말을 하지 않고 그냥 삶아 먹었어. 어떻겠어?"

"잘했군 잘했어. 그러게 내 손자라지."

"할머니 이번에는 그 집 외양간이야. 보여?"

"응. 보여."

"외양간에는 황소가 한 마리 매어 있어. 보여?"

"응. 잘 보여."

"그 황소가 어느 날 없어졌어. 내가 할머니한테 그 황소가 어디 갔느냐고 물었어. 할머니는 뭐라고 대답할거야?"

할머니가 어린애처럼 천진난만한 미소를 지으며 말했다.

"친정집 오라버니 장가들 밑천으로 주었지. 잘했군 잘했어."

확실히 장면을 상상하면서 부르니까 노래에 생명력이 깃드는 것 같았다. 노래의 진정성이란 바로 이런 것이라고 생각했다. 그 노래에 빠져들어 노랫말과 함께 뒤엉키는 것. 할머니한테도 효과가 있었다. 할머니도 전보다 훨씬 더 잘 불렀다.

내가 랩을 하는 동안 할머니는 관광버스 춤을 췄다. 무표정에 팔만 쭉 뻗어 마구 흔들어 대는 할머니의 관광버스 춤은, 노래를 하면서는 절대로 봐서는 안 된다. 보면 웃음보가 터져 노래를 망치게 될 테니까. 후렴인 '잘했군 잘했어' 부분에서는 우리 둘이 함께 춤을 추기로 했다. 두 사람이 나란히 서서 개다리 춤을 추며 한쪽 팔을 살랑살랑 흔들어 대는 안무다.

다행히 할머니는 내가 시키는 대로 잘 따라 주었다. 할머니와 나는 호흡이 척척 맞았다.

요즘처럼 할머니가 활기에 차 있는 모습을 본 적이 없었다. 할머니의 시간들은 〈전국노래자랑〉을 기다리는 설렘으로 가득 차 있는 듯했다. 그 시간들이 할머니를 훨씬 더 젊고 건강하게 만들었다.

연습이 끝나자 할머니가 정색을 하고 나를 봤다.

"근데 형민아."

"응. 할머니."

"너 무슨 좋은 일 있나?"

"왜?"

"얼굴이 아주 활짝 폈어."

"내가 꽃인가? 활짝 피게."

"나한테는 꽃이다. 그것도 세상에서 젤로 예쁜 꽃."

"할머니. 나 남자야."

"남자는 꽃에 비하면 안 되는 법이라도 있나?"

"그럼 무슨 꽃?"

"글쎄다, 호박꽃? 하하."

스며들다

〈전국노래자랑〉 예심이 열리기 전 마지막 토요일.
 조미미에게 정식으로 고백하기로 결심했다. 정식으로 사귀고 싶다고, 그러니 이제 내 마음을 받아 달라고 고백할 생각이었다.
 인터넷을 뒤져 홍대 앞에 있는 수제 초콜릿 가게를 찾아냈다. 초콜릿의 본고장 벨기에에서 십 년 동안 초콜릿 만드는 법을 배우고 돌아온 초콜릿 마니아가 직접 운영하는 수제 초콜릿 공방이었다. 공방에서 가장 예쁜 초콜릿 열 개를 골라 담았다. 한 통에 이만 원이다. 가격은 좀 비쌌지만 그 정도 출혈은 기꺼이 감수하기로 했다.
 장미꽃도 한 송이 샀다. 한 다발 사고 싶었지만 돈이 부족했다.
 홍대 앞 놀이터에는 프리마켓을 보기 위해 사람들이 꾸역꾸역 밀려들었다. 손으로 만든 예쁜 가죽 지갑을 보자 조미미에게 사 주고 싶다는 생각이 들었다. 플라스틱으로 만든 예쁜 머리핀도, 헝겊으로 만든 예쁜 가방도 조미미를 위해 사고 싶었다. 주머니만 두둑하다면 다 살 텐데. 빨리 돈을 벌었으면 좋겠다고 생각했다.

조미미에게는 내가 간다는 말을 하지 않았다. 조미미를 깜짝 놀라게 해 주고 싶었기 때문이다. 놀라는 조미미에게 초콜릿과 장미꽃을 내밀 생각을 하니 가슴이 또 두근거렸다.

놀이터에는 사람들이 이미 빼곡히 모여 있었다. 머리가 어깨까지 내려오고 보헤미안풍의 옷을 입은 키 큰 남자가 무대에서 기타를 치며 노래하고 있었다. 입속으로 웅얼거리는 창법 때문에 가사를 도대체 알아들을 수 없었다.

사람들은 자유롭게 연주를 들었다. 한 팀이 공연을 끝내면 몇몇 사람들은 가고 또 다른 사람들이 그 자리를 메웠다.

무대에 있던 남자의 노래가 끝났을 때, 내 옆에 서 있던 서너 명의 여자들이 자리에서 빠져나갔다. 그 자리에 한 무리의 여학생들이 몰려왔다. 짙게 화장을 하고 짧은 반바지를 입고 있었다. 어른들의 옷차림을 흉내 냈지만 어쩔 수 없이 고등학생 티가 있다.

여자애들은 꽤나 시끄러웠다. 무슨 불만이 그렇게 많은지 입만 열면 '좆나' '열라' 같은 욕을 해 댔다.

"아, 씨발. 이 황금 같은 토요일에 이게 무슨 짓이야? 열라 짱나."

한 여자아이가 음료수 컵에 꽂힌 빨대를 쪽쪽 빨면서 말했다. 그 옆에 있는 여자아이가 말했다.

"잠깐이면 된다잖아. 근데 아직 그년 순서 안 됐냐?"

"두 시라고 했는데?"

"지금 두 시 십 분이잖아. 좆나 시간도 안 지키네."

지금 이 고딩들이 누굴 기다리는 거지?

조미미가 무대에 나타났다. 조미미는 자잘한 꽃무늬가 새겨진 원피스를 입고 발목을 덮는 스니커즈를 신었다. 오늘따라 조미미, 정말 예쁘다.

조미미는 여전히 사람들과 무대 중간쯤에 눈을 둔 채, 의자에 앉아 기타를 치기 시작했다.

이번 노래는 자작곡인 것 같았다. 조미미는 언젠가 자작곡 '스며들다'에 대해 이야기한 적이 있다. 새벽에 혼자서 밖을 내다보고 있는데 별빛과 달빛이 모든 사물에 스며드는 것을 보고 만든 노래라고 했다. '스며들다'라는 제목을 들으며 나는 어쩌면 조미미가 별빛과 달빛처럼 사람들 속으로 스며들고 싶어할지도 모른다고 생각했다. 순전히 내 생각이었지만.

고딩들이 서로 옆구리를 쿡쿡 찌르며 조미미를 가리켰다.

"저년 맞지?"

다른 고딩들이 조미미를 봤다.

조미미가 노래를 시작했다.

창가에 서서 바라본다
저 별빛과 저 달빛
너에게 스며들어
내가 너에게 스며들 듯이

조미미의 목소리는 여전히 매력적이었다. 깊은 심연에서 우러나오는 영혼이 담긴 목소리, 깊은 슬픔과 아련한 그리움이 배어 있는 명품 보이스.

지금 조미미는 별빛과 달빛이 스며드는 창가에 서 있겠지? 나도 그곳으로 가고 싶다. 나도 별빛처럼, 달빛처럼 스며들고 싶다, 너에게.

그때 갑자기 옆에서 고딩들이 소리쳤다.

"우우. 그것도 노래냐. 집어치워라."

"도저히 못 들어 주겠다. 여기가 유치원 재롱잔치냐? 꺼져."

이번에는 다른 고딩이 소리쳤다.

"여기 수준 왜 이렇게 낮아? 순 저질이네."

고딩들이 일제히 야유를 보냈다.

"우우, 우우."

사람들이 찡그린 얼굴로 고딩들을 쳐다보았다. 하지만 고딩들은 사람들 시선 따위는 아랑곳하지 않고 계속 야유를 퍼부었다. 조미미는 아무 소리도 들리지 않는 것처럼 계속 노래했다. 마치 사람들과 떨어진 어느 공간 속에서 혼자 있는 듯했다. 섬 같았다.

나는 어떻게 해야 좋을지 몰라서 조미미와 고딩들을 번갈아 보았다. 바로 그때였다. 고딩 중 한 명이 들고 있던 컵을 조미미를 향해 던졌다. 컵은 정확히 조미미의 머리에 맞고 뚜껑이 열리면서 폭탄처럼 터졌다. 새까만 콜라가 조미미의 얼굴을 타고 줄줄 흘러내렸. 그제야 조미미가 고개를 들었다. 조미미와 눈이 마주친 사람은 컵을 던진 고딩이 아니라 바로 나였다.

머릿속에 사진 한 장이 찍혔다. 그 사진은 아마도 내 기억에서 영원히 사라지지 않을 것이다. 나를 바라보던 조미미의 그 절망적인 눈빛. 내 의식이 살아 있는 한, 지워지지 않을 그 표정.

나는 이제 어떻게 해야 할까? 달아나는 고딩들에게 달려가 한바탕 퍼부어 주어야 하나, 콜라를 뒤집어쓴 조미미에게 달려가 조미미를 무대에서 데리고 나와야 하나, 아니면…….

영원처럼 긴 시간 동안 나는 그 자리에 서 있었다.

봉인된 시간이 풀리듯, 사람들이 웅성거리는 소리가 들려왔다. 아까 노래했던 키 큰 남자가 달려와 수건으로 조미미의 머리를 감쌌다. 사람들이 달아나는 고딩들에게 야유를 퍼부었다. 남자가 조미미를 데리고 무대 옆 벤치로 갔다. 무대에는 새로운 팀이 나왔다.

그 모든 일들이 순식간에 일어났다.

그리고 나는, 아무것도 하지 못했다.

조미미 주위를 다른 가수들이 빙 둘러싸고 있었다. 요란한 화장을 한 여자가 한손으로 조미미의 어깨를 감싸고 나머지 한손은 조미미 손을 꼭 쥐었다.

"괜찮아. 이 일 하다 보면 별꼴을 다 당해. 이 정도는 아무것도 아냐."

"언젠가 세상이 네 음악을 알아줄 날이 올 거야."

"안 알아주면 어때? 좋으면 그냥 하는 거지."

다른 가수들이 조미미를 위로하는 소리가 귓가에 와 부딪히고 사라졌다.

사람들 사이로 보이는 조미미는 영혼이 없는 사람 같았다. 울지도 않고 화도 안 내고 그저 멍한 표정으로 앉아 있었다. 몇 발자국만 가면 조미미가 있는데 조미미는 내가 가 닿을 수 없는 아주 먼 곳에 있는 것처럼 느껴졌다.

눈앞에서 조미미가 그런 일을 당했을 때 내 몸은 반사적으로 조미미에게 달려갔었어야 했다. 컵과 동시에 날아가 영화 〈보디가드〉의 한 장면처럼 조미미를 번쩍 들어 안고 유유히 군중 속을 빠져나와야 했다. 좋아한다면 그랬어야 했다. 아니 지금이라도 조미미에게 다가가 조미미 손을 잡고 저곳에서 데리고 나와야 한다. 그런데 난 뭐지? 아까도, 지금도 그냥 모르는 사람처럼 구경만 하고 있다. 내가 좋아하는 여자가 저 험한 꼴을 당했는데 지금 난 뭐 하고 있는 거지?

시간이 다시 십 분 전으로 돌아간다면 그때는 내 몸이 어떻게 반응할까? 컵과 함께 몸을 날려 조미미를 보호했을까? 당당하게 사람들을 뚫고 들어가 조미미 손을 잡고 저곳을 빠져나왔을까?

내 행동을 확신할 수가 없다. 똑같은 일이 벌어져도 나는 똑같을 것 같다. 나란 인간, 어쩔 수가 없다. 어쩌면 내가 조미미를, 아니 어떤 여자라도 다른 사람을 사랑하게 되는 일은 생각보다 힘들지도 모른다고 생각했다. 나는 누군가를 사랑할 만한 인간이 못되는 것은 아닐까? 결정적인 순간 결국 나는 나를 사랑하게 될 테니까. 다른 사람의 감정보다 내가 상처받는 걸 두려워하니까. 지독한 이기

주의자.

조미미는 동료들과 함께 그 자리를 떠났다. 나는 조미미가 내 앞을 지나가는 것을 보고만 있었다. 한손에는 초콜릿을, 한손에는 장미꽃을 든 채. 그때도 뒤따라가 잡지 못했다. 조미미가 사라진 길을 사람들이 가득 메웠다.

집으로 돌아오는 길에 초콜릿을 먹었다. 작고 네모난 초콜릿 하나를 입에 넣자 초콜릿은 순식간에 입안에서 녹았다. 단 거라면 질색인데 이 초콜릿은 달지 않아서 다행이라고 생각했다. 아주 작은 초콜릿 입자가 쓰디쓴 입안을 가득 채웠다.

두 번째 초콜릿을 먹었다. 이번에는 입안에서 좀 더 오래 녹여 먹었다. 여전히 작은 입자들이 먼지처럼 입안에 가득 찼다. 입안에 먼지가 가득 찬 것 같았다. 그다음 초콜릿은 아무 맛도 없었고, 그다음 초콜릿은 지독하게 달았다.

조미미에게 주기로 한 초콜릿을 집으로 오는 동안 다 먹어 버렸다.

초콜릿 맛은 계속 변했다.

넌 사랑을 믿냐?

변한 건 아무것도 없었다.

조미미는 여전히 벽에 삐딱하게 걸려 있는 달력처럼 혼자 앉아 있었다. 어쩌면 그 모습이 조미미에게 가장 잘 어울릴 수도 있겠다고 생각했다. 원래부터 혼자였으니, 여전히 혼자인 모습. 그게 가장 조미미다웠다. 괜히 제대로 걸어 주려고 했다가 오히려 달력이 찢어질 수도 있다.

박유정은 더 이상 조미미에게 시비를 걸지 않았다. 냄새가 난다고 코를 막지도 않았고, 욕이 적힌 메모지를 전달하지도 않았다. 다만 내가 지나갈 때 나더러 들으라는 듯 큰 소리로 떠들었다.

"어유, 속 시원해. 그년 창피당하는 거 내 눈으로 봤어야 했는데. 그렇게 조용히 살 일이지 왜 신성한 교실에서 연애질이야?"

그것은 일종의 경고처럼 들렸다.

교실의 시간은 정확히 일 분에 육십 초씩 흘러갔다.

선생님들은 들어와 오십 분 내내 혼자 떠들다 나갔다. 아이들 절반은 엎드려 자고, 절반의 절반은 책상 속에 휴대전화를 넣어 문자질을 하고, 그 절반의 절반은 딴 생각을 하고, 그 절반의 절반만 수업에 집중하는 것 같았다.

담임선생님은 오늘도 시를 읊어 주었다. 하지만 시는 더 이상 내 가슴을 파고들지도, 잔잔한 울림을 주지도 못했다. 울림을 주지 못한 시는 더 이상 시가 아니었다. 그냥 단어를 나열한 문장일 뿐이었다. 선생님이 눈을 감으라고 하고 시를 읊어 줘도 더 이상 그 시에 대한 이미지가 떠오르지 않았다.

불쑥불쑥 화가 났다. 밥알을 씹다가도, 시원하게 뻗어 나가는 내 오줌 줄기를 보다가도, 청소를 하다가도, 자다가도 화가 나서 번쩍 눈이 떠졌다.

내가 용서할 수 없는 건 박유정과 그 무리들, 선생님도 아니었다. 바로 나 자신이었다. 나는 왜 곧바로 조미미에게 달려가지 못했을까? 조미미가 콜라를 뒤집어쓴 그 순간의 내 감정은 나만 알고 있다. 창피했고, 두려웠고, 확신이 없었다. 내가 정말 조미미를 좋아하기는 하는 걸까? 내가 좋아하는 건 조미미라고 하는 실체일까 아니면 조미미를 좋아한다고 믿는 내 감정일까? 사람을 좋아한다는 건 어떤 감정일까? 연기처럼 그 감정이 사라지고 났을 때 남는 건 뭘까?

그렇게 끊임없이 의심하고 질문하고 혼란스러워하는 내 자신이 싫었다.

나는 조미미를 보지 않으려고 했다. 하지만 내 눈은 자주 조미미를 보고 있었다. 눈이 조미미를 보도록 자동으로 프로그래밍된 것처럼 어디를 보고 있더라도 결국은 조미미에게로 향했다. 하지만 몸은 조미미에게 가지 못했다. 화장실에 따라가지도 않았고 점심시간이 끝난 뒤 소각장으로 가지도 않았다. 눈과 마음과 몸은 제멋대로 자기가 하고 싶은 대로 했다. 그 어디에도 진짜 나는 없었다.

눈치 빠른 공호가 나한테 와서 물었다.

"무슨 일 있었어?"

"아니."

"근데 왜 그래?"

"뭘?"

"설마 벌써 싸울 만큼 가까워진 건 아닐 테고, 둘 사이에 한랭 기류가 조성돼 있어."

"공호야."

"응?"

"넌 사랑을 믿냐?"

공호가 내 얼굴을 빤히 바라보았다. 가볍고 생각 없고 먹을 것만 밝히는 내 친구 공호. 과연 공호 입에서 어떤 말이 나올까?

"그거 먹는 거냐?"

역시 공호는 내 기대를 한 번도 저버린 적이 없다.

〈전국노래자랑〉 예심

점심시간이 끝나고 선생님께 가서 조퇴 확인서를 받았다. 선생님은 아무것도 묻지 않으셨다.

솔직히 〈전국노래자랑〉에 나갈 기분이 아니었다. 할머니가 나한테 활짝 핀 꽃 같다고 했지만 그 꽃은 지금 시들시들 말라비틀어지고 있다. 꽃은 피면 지고 졌다가 다시 핀다. 그런데 나는 다시 필 수 있을까?

헤어지기 전 공호는 마치 전쟁터에 형제를 내보는 것 같은 비장한 얼굴로 말했다.

"형제님, 수업 끝나고 이 몸도 곧장 달려갈게. 넌 해낼 수 있어. 텔레비전에 꼭 나와야 한다. 그래야 너도 살고 나도 산다."

구민회관 대강당에는 사람들이 꽉 차 있었다. 객석은 물론이고 통로를 지나다닐 수조차 없었다.

할머니는 맨 앞줄에 앉아 그 옆 자리에 가방을 떡 하니 올려 두었다. 나는 할머니의 가방을 들어 안고 자리에 앉았다.

"뭐 안 좋은 일이라도 있냐? 얼굴이 왜 그래?"

할머니가 나를 보더니 물었다.

"내가 뭐가 어때서?"

"꼭 도살장에 끌려온 도야지 같잖아. 얼굴 좀 펴."

"할머니나 긴장 풀어."

할머니 곱게 화장을 하고 시장에서 새로 산 듯한 꽃무늬 블라우스를 입고 있었다.

무대 위에는 두 명의 심사위원들이 앉아 있었다. 머리가 벗겨진 사람은 좀 뚱뚱했고, 그 옆에 앉아 있는 심사위원은 젊었지만 어딘지 모르게 예민하고 신경질적으로 보였다.

무대 위에는 아기를 안고 나온 젊은 아주머니가 노래를 부르고 있었다. 심사위원 중 머리가 벗겨진 사람이 물었다.

"아기를 맡길 데가 없었나요?"

아기 엄마가 생글생글 웃으며 대답했다.

"아기는 컨셉이에요."

심사위원들이 어이가 없다는 듯 피식 웃었다. 노래를 하라고 하자 아기 엄마가 갑자기 몸을 흔들며 춤을 추기 시작했다. 앞에 안겨 있던 아기도 덩달아 출렁거렸다.

멀리 기적이 우네

나를 두고 떠나간다네
이젠 잊어야 하네
잊지 못할 사람이라면

아기 엄마가 손가락으로 허공을 마구 찔러 댔다.
노래가 다 끝나기도 전에 머리가 벗겨진 심사위원이 말했다.
"수고하셨습니다."
아기 엄마는 얼굴을 두 손으로 감싸 쥐고 황급히 무대에서 내려갔다. 심사위원이 "수고하셨습니다."라고 말하면 불합격이다. "합격"이라고 말해야 진짜 합격이라고 할머니가 말해 줬다.
시간이 지날수록 할머니 얼굴에 긴장한 빛이 역력했다. 할머니가 입이 바짝 마른 목소리로 말했다.
"어쩌냐? 나 떨려 죽겠다. 심장이 벌렁거려."
나는 할머니 손을 꼭 잡았다. 할머니 손은 따뜻했다.
예심은 언제 끝날지 모르는 운동회처럼 길고 지루했다. 삼십 명씩 한꺼번에 무대에 올라가 노래를 불렀다. 참가자들은 "합격."과 "수고하셨습니다." 사이에서 좋아하거나 실망했다. 뒤로 갈수록 합격자 수가 급격하게 줄어들었다. 심사위원들도 지루해하는 표정이 역력했고, 관객석에도 빈자리가 더 많아졌다.
언제 들어왔는지 출입문 쪽 의자에 선생님이 앉아 있었다. 선생님은 하얀색 원피스를 입고 머리에는 앙증맞은 토끼 귀 모양의 머리띠를 하고 있었다. 낮에 학교에서 봤을 때 입은 옷과는 달랐다. 미장

원에도 다녀왔는지 머리 스타일도 달라졌다. 하지만 선생님은 더 이상 내게 '꽃'이 아니다.

무대에 서 있던 진행 요원이 스케치북에 우리 번호대가 적힌 숫자를 펼쳐 보였다. 나는 할머니의 손을 꼭 쥐고 무대를 향해 걸어갔다. 우리가 선생님 앞을 지나갈 때 선생님은 우리를 모른 척 하고 고개를 숙인 채 휴대전화를 만지작거리고 있었다.

무대에 올라가서 앞 참가자의 순서가 끝나기를 기다렸다. 할머니에게 속삭였다.

"떨지 말고 그냥 편하게 해. 알았지?"

할머니가 긴장된 얼굴로 고개를 끄덕였다.

우리 순서가 됐다. 할머니와 나는 각각 마이크를 받았다.

"김형민, 파이팅!"

갑자기 관객석에서 큰 소리가 들렸다. 자리에서 벌떡 일어난 공호가 휘파람을 불었다. 공호를 보자 긴장됐던 마음이 조금은 풀렸다.

나는 마이크를 입에 바싹 붙이고 랩을 하기 시작했다. 할머니는 내 랩에 맞춰 관광버스 춤을 췄다. 사람들이 웃었다. 웃는 사람들을 보자 자신감이 생겼다.

랩을 다 부르고 할머니와 함께 노래를 불렀다. 할머니는 참 잘 불렀다. 가사도 안 틀리고 박자도 잘 맞추었다. 무엇보다 관광버스 춤이 대박이었다. 할머니가 춤을 출 때 일어나 박수를 치는 사람도 있었다. 보통은 심사위원들이 노래를 중간에 끊고 '합격'과 '불합격'을 알렸지만 우리 팀은 노래가 다 끝날 때까지 아무 말도 하지 않았다.

노래를 하면서 예감이 좋았다.

노래가 끝났을 때, 심사위원이 말했다.

"합격."

공호가 또 일어나서 함성을 질러 댔다.

나는 심사위원에게 달려가 합격증을 받았다.

선생님 차례가 됐다. 선생님은 노래를 하며 깜찍하게 춤을 췄다.

부끄부끄부끄부끄 부끄러워요

노래방에서 들었던 그 노래였다. 솔직히 노래는 별로였지만 춤을 추는 선생님은 예뻤다.

무대를 보던 할머니가 놀란 얼굴로 말했다.

"저기, 저 사람 너희 선상님 아니냐?"

"응."

"옴마야. 사람이 확 달라졌네."

할머니가 신기한 듯이 고개를 흔들었다.

심사위원들이 입가에 흐뭇한 미소를 지으며 지켜보았다. 노래가 다 끝나기도 전에 심사위원이 힘찬 목소리로 말했다.

"합격."

선생님은 활짝 웃으며 어린애처럼 깡충깡충 달려가 합격증을 받았다. 선생님이 무대에서 내려왔다. 공호가 재빨리 선생님에게 달려갔다.

"선생님, 축하드려요."

선생님이 환하게 웃으며 말했다.

"고마워."

공호는 선생님에게 지나치다 싶을 만큼 아부를 했다.

"선생님, 오늘 정말 아름다우셔요. 근데 어쩜 그렇게 노래를 잘하세요? 텔레비전에 나오시면 전국에 있는 남자들 다 넘어가겠어요. 우리 선생님 최고."

솔직히 그 정도는 아닌데, 역시 시베리아에 가서도 에어컨을 팔 놈이다.

낮 한 시에 시작한 예심은 저녁 일곱 시가 넘어서 끝났다. 관객석에는 1차 예심에 통과한 참가자들과 그 가족들이 남아 있었다.

2차 예심은 반주에 맞춰 불러야 한다. 2차 예심이 시작되기 전 삼십 분간 쉬는 시간이 주어졌다. 사람들은 식사를 하기 위해 밖으로 나갔다.

할머니가 은박지로 된 돗자리를 꺼내더니 바닥에 깔았다. 드디어 올 것이 왔다. 할머니는 시장 사람들과 야유회 가던 날처럼 아침 일찍 일어나 찰밥을 하고 나물을 볶아 도시락을 쌌다. 창피하다고 나가서 사 먹자고 했지만 밖에서 먹는 음식은 조미료만 많이 들어가 밍밍하다는 할머니의 고집을 꺾을 수 없었다.

할머니가 찬합을 꺼내 뚜껑을 열었다. 사람들이 지나가면서 우리를 내려다봤다. 동물원에 있는 동물 구경하듯 내려다볼 것이라고 생각했는데 사람들은 '참 맛있어 보인다.'는 눈길을 보내왔다.

"공호 어딨냐?"

할머니가 객석 쪽을 봤다. 공호 이 녀석, 밥 냄새를 맡았으면 어디선가 뛰쳐나올 텐데.

"공호야아, 공호야아."

할머니가 객석을 향해 소리쳤다. 그 목소리가 어찌나 큰지 맨 뒤에 있던 사람들도 다 우리 쪽을 보았다. 진짜 쥐구멍을 찾아 숨고 싶다.

"할머니, 할머니, 저 가요."

그럼 그렇지. 저 멀리서 공호가 손을 흔들며 달려왔다. 공호는 바닥에 펼쳐 놓은 찬합을 보자마자 입이 벌어졌다.

"우와, 이게 다 뭐예요?"

"어서 먹어. 많이 먹어."

할머니는 공호 앞에 호박전과 계란말이, 나물 들을 덜어서 놔 줬다. 공호는 석 달 열흘 굶은 곰처럼 밥을 폭풍 흡입하기 시작했다.

"든든히 먹어 둬. 밥심이 있어야 버티지."

할머니에게는 밥이 세상에서 가장 좋은 만병통치약이었다. 어려서부터 그랬다. 동네 친구들에게 맞고 들어오면 할머니는 밥상을 차렸다. 한 그릇 가득 밥을 푸고 자반고등어도 굽고 김도 구워 밥상을 차려 왔다. 밥 때도 아닌데 밥을 먹으라고 했다. 배가 고프지 않았지만 이상하게 밥을 보면 밥이 먹고 싶어졌다. 땟국물이 얼룩진 얼굴로 앉아 나는 꾸역꾸역 밥을 먹었다. 할머니가 차려 준 따끈따끈한 밥을 먹고 있으면 억울하거나 슬픈 기분이 점점 풀어졌다. 따뜻한 기운은 목구멍을 넘어 위로 들어가고 창자에 차곡차곡 쌓이면서 위로가 쌓이고 사랑도 쌓이는 것 같았다. 그래서 할머니의 밥은 작은 창자에서 영양분이 되어 온몸으로 퍼져 나가고 분하고 억울한 기분은 큰창자로 가서 똥이 되어 빠져나왔다.

할머니는 밥상머리에서 말했다.

"세상은 어차피 혼자 나왔다가 혼자 살다가는 곳이야. 누구 의지할 생각 말고 너 스스로 살아. 혼자 살려면 힘이 있어야 돼. 힘을 키우려면 배가 든든해야지. 먹어. 많이 먹어."

아마도 공호는 할머니의 그 '밥심 이론'을 혼자서 터득한 모양이다. 좀처럼 지친 기색도 없이 찬합이라도 깨물어 먹을 기세로 저렇게 밥을 먹어 대는 걸 보면. 여기에 꼭 먹으러 온 인간처럼.

2차 예심이 시작되었다. 참가자들의 표정은 하나같이 진지했다. 그리고 실력도 뛰어났다. 처음 반주에 맞춰서 노래하는데도 음정이나 박자가 거의 틀리지 않았다.

할머니와 나도 노래방 기기 반주에 맞춰 수없이 연습을 했지만 이렇게 여러 사람, 특히 심사위원들이 매의 눈을 뜨고 보고 있는 무대에서 잘할 수 있을지 걱정됐다.

우리 순서가 됐다. 나는 1차 예심 때보다 더 긴장됐는데 할머니는 오히려 긴장이 풀어진 모습이었다.

"떨지 말고. 연습한 대로만 해."

이번에는 할머니가 나를 위로했다.

할머니는 내가 걱정했던 것보다 훨씬 잘 불렀다. 노래가 끝나고 나니 어깨를 누르고 있던 바윗돌을 내려놓은 기분이었다.

선생님도 1차 예심 때보다 더 잘 불렀다. 춤도 더 깜찍하게 췄다. 노래와 춤, 거기다 의상까지 완벽했다. 무대를 내려오는 선생님 표정은 1차 때보다 더 자신감에 차 있었다.

2차 예심도 모두 끝났다.

머리 벗어진 심사위원이 무대 한가운데로 나왔다. 소란스럽던 실내가 조용해졌다.

심사위원은 간단하게 오늘 1차, 2차 예심을 본 소감을 얘기했고, 〈전국노래자랑〉은 노래를 잘 부르는 것뿐만이 아니라 볼거리가 있어야 한다는 것을 강조했다. 그는 노래를 잘하거나 강한 인상을 남긴 사람들을 합격자로 뽑았다고 심사 경위를 설명했다.

그리고 드디어 최종 합격자가 발표되었다.

앞 번호부터 차례로 이름이 불릴 때마다 여기저기서 환호성이 터져 나왔다. 번호가 점점 뒤쪽으로 올수록 심장이 떨렸다. 할머니는 망부석처럼 굳은 채 거의 눈도 깜박이지 않고 심사위원을 노려보았다. 심사위원 입에서 귀에 익은 이름이 나왔다.

"다음 합격자는 419번 방막순 할머니, 김형민 군입니다."

우리 옆에 앉아 있던 공호가 벌떡 일어나더니 만세를 불렀다. 그 바람에 긴장된 표정으로 앉아 있던 사람들이 웃음을 터트렸다.

우리 뒤로 민요를 부른 육십대 아주머니와 춤과 노래를 멋지게 소화한 이십 대 형이 뽑혔다. 선생님은 탈락했다.

합격자들이 앞자리로 모여 앉는 동안 탈락자들은 허탈한 표정으로 강당을 빠져나갔다. 강당을 빠져나가는 사람들 틈에 선생님이 보였다. 선생님의 어깨는 축 처져 있었다.

시를 모르는 게
부끄러운 건 아니다

"야, 빅 뉴스!"

박유정이 호들갑을 떨며 교실 안으로 뛰어 들어왔다. 박유정은 여자아이들이 모여 있는 곳으로 달려가서 큰 소리로 말했다.

"우리 담임 결혼한대."

그 소리를 듣자 가슴이 철렁 내려앉았다. 선생님의 결혼 소식은 나에게도 충격이었다.

남자아이들까지 박유성 주위로 모여들었다. 박유정은 신이 나서 떠들어 댔다.

"나 방금 교무실에서 선생님들 하는 얘기 듣고 왔는데 가을에 결혼한대."

옆에 있던 여자아이가 말했다.

"아, 그럼 그 소문이 사실이었구나."

"무슨 소문?"

"담임이 어제 〈전국노래자랑〉 예심에서 떨어졌잖아. 거기 나간 이유가 프러포즈 때문이었다던데."

"왜?"

"텔레비전에 나가서 남친한테 프러포즈를 받으려고 했었대. 노래하기 전에 남친이 무대 위로 올라와서 무릎을 꿇고 반지를 끼워 주면서 청혼하는 퍼포먼스를 하려고 했다나 봐."

"아, 졸라 유치해."

"몰랐냐? 사랑은 원래 유치한 거다."

"근데 그 계획이 물거품 돼서 담임 지금 완전 저기압이야."

반 아이들이 선생님 결혼 소식으로 온통 들끓고 있는데 단 한 사람, 조미미는 여전히 혼자 앉아 있었다. 조미미에게 가서 '나 〈전국노래자랑〉 본선에 올라가게 됐다.'고 자랑하고 싶었다. 어제 합격자 발표가 났을 때 제일 먼저 떠오른 얼굴도 조미미였다. 기쁜 소식을 가장 먼저 전해 주고 싶은 사람이 조미미였는데 그 소식을 전할 용기가 없었다.

나는 내 자리로 와서 앉았다. 애들이 내가 〈전국노래자랑〉 본선에 올라갔다는 얘기를 해 주기를 바랐다. 그것도 되도록 큰 소리로. 그래서 그 소식이 조미미 귀에도 들어갔으면 하고 바랐지만 모두들 선생님 결혼 소식에만 정신이 팔려서 아무도 아는 척을 하지 않았다. 공호는 뭐 하고 있는 거지?

국어 시간이 되자 선생님이 들어왔다. 선생님 얼굴은 굳어 있었다. 방금 전까지 선생님 결혼 소식으로 들끓던 교실 안에 묘한 기운이 흘렀다. 아이들은 다른 때와는 달리 호기심 가득한 표정으로 일제히 선생님을 바라보았다.

선생님의 표정은 확실히 굳어 있었다. 어젯밤 토끼 머리띠를 하고 하얀 원피스를 입고 깜찍하게 춤을 추던 그 선생님과 같은 사람이라는 게 믿어지지 않았다.

교과서를 펼치기 전 선생님이 교실 안을 둘러봤다. 그리고 창가 자리 쪽을 보더니 느닷없이 조미미 이름을 불렀다.

"조미미."

선생님 입에서 조미미 이름이 나올 줄은 몰랐다. 선생님은 지금까지 한 번도 조미미 이름을 불러본 적이 없었으니까. 아이들은 일제히 종이처럼 구겨져 앉아 있는 조미미를 봤다가 재빨리 고개를 돌렸다.

조미미가 자리에서 일어났다.

선생님이 물었다.

"오늘 외울 시는 뭐지?"

조미미는 아무 말이 없었다. 선생님은 분명히 조미미에게 난독증이 있다는 걸 알고 있다. 그래서 지금까지 단 한 번도 조미미에게 발표를 시키지 않았다. 그런데 오늘, 갑자기 왜 조미미 이름을 부르는 걸까?

조미미는 묵묵히 앞만 보고 있었다.

선생님이 천천히 조미미에게 걸어갔다.

"외워 봐."

조미미는 아무 말도 하지 않았다.

"다시 묻겠어. 오늘 외울 시는 뭐지?"

조미미는 굳게 입을 다문 채 서 있었다. 선생님이 조미미를 노려봤다.

"몰라?"

조미미는 꼼짝도 하지 않았다.

선생님이 갑자기 들고 있던 책으로 조미미의 머리를 툭 쳤다. 선생님 얼굴에 경멸과 멸시가 가득했다.

"너 벙어리니? 못 외웠으면 못 외웠다고 말을 하란 말야."

벙어리라니! 선생님은 분명히 조미미 부모님이 청각 장애인이란 사실도 알고 있는데…….

나는 손을 번쩍 들고 일어났다.

"선생님, 제가 외워보겠습니다."

선생님이 나를 노려봤다. 그 눈빛이 매섭고 차가웠다.

"넌 앉아."

나는 선생님 말을 무시하고 말했다.

"오늘 외울 시는 정호승의 '별들은 따뜻하다'입니다."

선생님이 나를 노려보며 말했다.

"누가 너더러 외우래? 앉아."

나는 앉지 않았다. 그리고 시를 외우기 시작했다.

    하늘에는 눈이 있다.
    두려워할 것은 없다.

선생님이 내 앞으로 다가왔다. 선생님이 또 말했다.
"앉으라고 했다."
나는 앉지 않았다.

    캄캄한 겨울
    눈 내린 보리밭 길을 걸어가다가

아이들은 조용했다. 숨소리조차 들리지 않았다.
선생님이 이번에는 큰 소리로 소리쳤다.
"앉지 못해?"
나는 계속 시를 외웠다.

    새벽이 지나지 않고 밤이 올 때
    내 가난의 하늘 위로 떠오른
    별들은 따뜻하다

선생님이 이번에는 경멸이 가득 담긴 표정으로 물었다.
"김형민, 그럼 하나만 묻겠다. 이 시에서 시인이 말하고자 하는 건 뭐지?"

"그건……."

나는 시는 잘 외우지만 시는 잘 모른다. 내가 머뭇거리고 있자 선생님은 더 이상 볼 일이 없다는 듯 조미미와 나를 번갈아보며 말했다.

"너희 둘, 뒤로 가서 무릎 꿇어."

우리는 교실 뒤로 가서 나란히 무릎을 꿇었다.

선생님은 칠판 앞으로 천천히 걸어가더니 돌아서서 반 아이들을 둘러보며 물었다.

"너희들, 내가 시 외우라고 하는 거 부담되니?"

"예" 하고 소심한 목소리가 들렸고, "아니오" 하고 그 목소리를 덮을 만큼 대범한 목소리가 그 뒤를 이어 들려왔다.

"수업 들어와서 딱 가르칠 것만 가르치고 나가면 나도 편해. 하지만 내가 너희들에게 시를 외우라고 한 건, 너희들을 위해서야. 새벽부터 밤늦게까지 학교에서 영어 단어 외우고 수학 문제 풀다 가는 너희를 생각하면 얼마나 안타까운지 몰라. 학교생활이 얼마나 메마르고 팍팍하니? 그런 너희들이 조금 더 따뜻하게 살기를 바라는 마음에 나도 힘들게 시 고르고 너희들에게 시를 외우라고 하는 거야. 이렇게 학교를 졸업하고 어른이 되면 너희들은 지금과 똑같은 삶을 살게 되겠지. 입시 지옥 끝나면 입사 지옥이 기다리고 있고, 입사 지옥을 통과하면 또 엄청나게 각박하고 메마른 어른들의 삶이 기다리고 있어. 지금은 시를 외우는 게 귀찮고 싫겠지만 나중에 어른이 돼서 되돌아보면 지금 외우는 이 시가 지금 시를 외우는 이 순간이 너희를 따뜻하고 푸근하게 해 줄 거야. 내가 이렇게 애쓰는데도 불만이 많다면, 아니, 불만이 많아도 할 수 없어. 너희들은 이번 학년이 끝날 때까지 내가 시키는 대로 해야 돼. 다른 건 다 양보해도 시 외우는 건 양보 안 할 거니까."

 선생님 말이 백 번 옳다. 시를 외우고 있으면 정서적으로 안정되는 느낌이 든다. 시어를 음미할수록 더 넓고 더 깊은 세상 속으로 빠져드는 것 같다.

 하지만 시어가 상징하는 의미를 모른다고 해서, 시를 못 외웠다고 해서 이렇게 무릎 꿇고 있는 건 시도 원하지 않을 거다.

 차가운 바닥에 닿은 무릎이 시려왔다. 조미미도 마찬가지겠지. 하지만 이렇게 둘이 나란히 무릎 꿇고 있으니까 조금 덜 창피하고 조금 덜 수치스럽다.

 나는 고개를 돌려 조미미를 보았다. 조미미는 고개를 빳빳이 쳐든 채 정면을 보고 있었다.

 "미안해."

 소리 나지 않게 아주 조용히 말했다. 들었는지 못 들었는지 조미미는 여전히 미동도 하지 않았다.

 바닥에 대고 있는 조미미의 손가락을 살짝 건드렸다. 그제야 조미미가 내 손을 내려다보더니 손을 살짝 피했다. 조금 더 용기를 내서 조미미 새끼손가락을 잡았다. 이번에는 조미미도 내 손을 피하지 않았다.

 선생님이 뒤에 있는 우리 둘을 향해 말했다.

 "너희들은 부끄러워해야 돼."

나는 재빨리 조미미 손가락을 잡았던 손을 뺐다.
　선생님이 좋아서 선생님이 시키는 대로 시를 열심히 외웠지만 나는 아직도 시를 잘 모른다. 하지만 시를 잘 모른다고 해서,
　나는, 부끄럽지 않다.
　조미미도 시를 못 외운다고 해서 부끄러워하지 않았으면 좋겠다.

이건 동정이 아냐

할머니가 수의를 꺼냈다. 몇 년 전 할머니는 계를 탄 돈으로 수의를 샀다. 할머니는 가끔씩 수의를 꺼내서 펼쳐본다. 그럴 때마다 나는 덜컥 겁부터 난다. 수의는 죽은 사람이나 입는 건데 할머니는 빨리 죽고 싶나?

할머니는 수의를 펼쳐서는 아기를 어루만지듯 가만히 쓰다듬었다. 금으로 짠 옷처럼 조심스럽게, 만지고 또 만졌다.

"그건 왜 또 꺼내?"

수의를 보자 기분이 나빠졌다. 할머니가 저 수의를 입고 누워 있는 모습은 상상조차 하기 싫다.

"왜 보기 싫으냐?"

할머니는 수의를 차곡차곡 개켰다. 그러고는 보자기에 소중하게 싸서 옷장 속에 넣었다.

"수의를 미리 해 놔야 오래 산다. 난 아주 오래오래 살 거다. 너 장가가는 것도 보고 손주들도 보고."

우리 할머니라면 그럴 수 있을 것 같다. 흰 머리가 다시 검은 머리가 되고, 빠졌던 이가 다시 돋아나고, 굽었던 허리가 다시 꼿꼿하게 펴지고, 그렇게 할머니는 다시 젊어져서 나 하고 오래오래 살아야 한다.

"형민아, 넌 잘살아야 한다. 알았지?"

오늘 할머니 조금 이상하다. 마치 내일 죽으러 가는 사람처럼. 내일 〈전국노래자랑〉 녹화에 나가서 안 돌아올 사람처럼. 오늘만 살고 말 것도 아닌데 할머니는 심정적으로 오늘이 생의 마지막 날 같은 생각이 들었던 모양이다. 그런 할머니가 이해되지 않는 것은 아니다. 〈전국노래자랑〉은 할머니에게는 평생 꿈의 무대 같은 거였으니까 그 무대를 밟아 보는 것만으로도 여한이 없는 기분 같은 것 말이다.

할머니는 쭈글쭈글하고 나무토막 같은 두 손으로 내 뺨을 조용히 쓰다듬었다. 뺨에 마른 나무토막이 훑고 지나가는 것 같은 느낌이 들었다. 그러나 따뜻했다.

"할머니 너무 오버하는 거 아냐?"

나는 할머니에게서 몸을 뺐다.

"오늘은 잠이 안 올 것 같다."

평소에는 베개에 머리만 대도 곯아떨어지는 할머니가 오늘은 열한 시가 넘었는데도 주무실 생각을 하지 않는다.

"빨리 주무셔. 그래야 내일 피부가 뽀송뽀송해서 화면발 잘 받지."

할머니는 그제야 생전 안 하던 마스크 팩을 얼굴에 붙이고 자리에 누웠다. 나는 불을 끄고 할머니 방에서 나왔다.

사실 나도 잠이 오지 않았다. 오늘이 생의 마지막 날도 아닌데, 내일만 살고 말 것도 아닌데 마음이 설렜다.

공호에게 문자를 보냈다.

> 뭐 하냐?

한참 만에 답장이 왔다.

> 플래카드 만든다.

녀석. 친구라고 요란하게 응원할 모양이네.

> 너무 요란하게 하지 마라. 쪽팔리니까.

이번에는 더 늦게 답장이 왔다.

> 플래카드 보고 놀라지나 말게. 친구님.

조미미는 뭐 하고 있을까?

지금쯤 따뜻한 별빛이 녹아든 공기에서 음표를 하나하나 집어내

오선지 위에 올려놓고, 그것에 어울리는 노랫말을 만들고 있을까?
 오늘이 생의 마지막 날이라면, 나는 지금 뭘 할까? 딱 한 가지만, 꼭 해야 한다면.

 자전거를 타고 밤거리를 달렸다. 거리에는 사람들이 거의 없었다. 몸보다 마음이 먼저 앞서서 달렸다. 가슴이 빵빵하게 바람이 들어간 풍선처럼 느껴졌다. 금방이라도 빵하고 터져 버릴 것만 같았다.
 조미미 방에는 아직도 불이 켜져 있었다. 창문 아래 담에 자전거를 세우고 창문을 쳐다봤다. 줄리엣을 갈망하는 로미오처럼, 내가 마치 로미오라도 된 것처럼.
 "조미미."
 창문 아래에서 속삭이듯 조미미를 불렀다. 창문은 말이 없었다.
 이번에는 조금 더 큰 소리로 불렀다.
 "조미미."
 역시 대답이 없다.
 이번에는 좀 더 큰 소리로,
 "미미야."
 하고 불렀다.
 어둠 속에서 길고양이 한 마리가 섬광 같은 두 눈을 빛내며 나타났다.
 "쉿, 너 말고."
 나는 길고양이에게 가라고 손짓했다. 사람 말귀를 알아듣는지 길고양이는 길을 가로질러 어둠 속으로 사라졌다.

미미야. 제발 창밖으로 고개 좀 내밀어 봐. 오늘 너한테 꼭 할 말이 있어. 마음속으로 간절하게 부탁했다. 그러자 거짓말처럼 창문에 조미미가 나타났다. 조미미는 창문 밖으로 머리를 내밀고 주위를 두리번거렸다. 어둠 속에 서 있는 나를 발견하지 못했는지 내가 서 있는 쪽은 보지 않았다.

"조미미, 여기야."

그제야 조미미가 내 쪽을 내려다보았다. 불빛에 조미미의 놀란 얼굴이 보였다.

"잠깐 내려와. 할 말 있어."

조미미는 난처한 표정으로 뒤돌아 방 안을 보았다. 그러더니 다시 고개를 내밀고 작은 목소리로 말했다.

"안 돼."

"내려올 때까지 여기 있을 거야."

창문에서 조미미가 사라졌다. 내려올 거야. 꼭. 나는 담벼락에 붙어서서 초조하게 조미미를 기다렸다. 조미미는 한참 뒤에야 내려왔.

조미미는 경계심 가득한 얼굴로 조용히 내 앞으로 걸어왔다.

"무, 무슨 일인데?"

"따라와."

나는 자전거를 끌고 앞장서서 걸었다. 안 따라오면 어떡하나, 내심 걱정도 됐지만 뒤돌아볼 수 없었다. 자박자박. 미미의 발자국 소리가 들렸다. 조미미가 내 뒤를 따라오고 있었다.

골목 안은 조용했다. 골목 양쪽에 있는 빌라의 창문에도 불이 꺼져서 어두컴컴했다. 골목 입구에 있는 가로등에서 나온 불빛이 길고 좁은 골목을 희미하게 비췄다.

나는 골목으로 걸어가다가 걸음을 멈췄다. 몇 발짝 뒤에서 따라오던 조미미도 멈췄다.

여기까지 왔지만 차마 입이 안 떨어졌다. 맥박은 빨라지고 호흡은 가빠졌다. 알밤이 목구멍을 꽉 누르고 있는 것처럼 목구멍이 갑갑했다.

한참 만에 겨우 입을 열었다.

"내가 널 보자고 한 건 부탁이 있어서야."

조미미는 내 얼굴을 똑바로 보지 못하고 고개를 약간 숙인 채 물었다.

"뭔데?"

나도 조미미 얼굴을 똑바로 보지 못하고 발끝을 보며 겨우 말했다.

"내일 나 〈전국노래자랑〉 녹화하거든. 내일 꼭 좀 와 줬으면 좋겠어."

부탁할 게 겨우 이거였나? 하지만 그게 다였다. 그 말을 하러 이 야밤에 달려왔나? 그렇다.

조미미는 의외라는 듯 고개를 들어 나를 보더니 다시 고개를 숙였다.

"왜?"

"그 이유는 내일 말해 줄게."

조미미는 한참 동안 아무 대답도 하지 않다가 겨우 말했다.

"지금 마, 말하면 안 돼?"

"아니, 내일 말해야 돼. 그러니까 꼭 와 줘."

조미미는 선뜻 대답을 하지 않았다. 그 대신 불안한지 자꾸 골목 어귀 가로등 쪽을 보았다.

나는 지금이 곧 마음에 담아 두었던 말을 할 때라고 생각했다.

"그땐 정말 미안했어. 홍대 앞에서의 일."

조미미가 고개를 들고 내 얼굴을 똑바로 봤다. 눈빛이 서늘했다.

"뭐가?"

그렇게 물으니까 당황스러웠다.

"그러니까, 그날, 내가 널 지켜줬어야 했는데, 음, 그, 그러지 못했던 거. 그땐 내 감정에 자신이 없었어."

나는 꽤 더듬거렸다.

조미미가 내 말을 가로막았다.

"됐어. 그 얘, 얘긴 하지 마."

"아니. 할 거야. 해야 돼. 이런 말 어떻게 들릴지 모르겠지만 솔직히 난 두려웠어."

나는 버림받는 게 어떤 심정인지를 안다. 엄마가 돌아오지 않는 한 달, 두 달, 일 년, 이 년, 그렇게 십삼 년이 지나가 버렸다. 처음 얼마간은 엄마를 기다렸다. 엄마가 나를 데리러 올 거라는 어떤 막연한 기대 같은 게 있었다. 하지만 엄마에게 버림받았다는 것을 깨닫는 데는 그리 오래 걸리지 않았다.

버림받았다는 것을 깨닫게 되는 순간 가장 먼저 마음의 문이 닫했다. 언제 또 버림받을지 모를 두려움 때문에 닫힌 마음의 문을 쉽게 열 수도 없었다.

"근데 지금은 왜 이래?"

"이제 확신이 생겼으니까."

"무, 무슨 확신?"

"너에 대한 내 마음."

조미미는 한동안 뭔가를 골똘히 생각하더니 결심을 굳힌 듯 말했다.

"나도 너한테, 하, 할 말이 있어."

조미미는 길게 심호흡을 하고 나서 계속 말했다.

"나, 날 그냥 내버려 둬. 난, 호, 혼자 있을 때가 제일 편해. 너 이러는 거 불편해."

"솔직히 말해 봐. 너도 버림받을까 봐 두려운 거지?"

조미미가 놀란 얼굴로 나를 봤다.

"나도 그랬어. 근데 우린 미래를 사는 게 아니라 현재를 사는 거잖아. 감정이 식으면 사람 마음도 변할 수 있는 거지. 그건 자연스러운 거야. 그래. 내가 변할 수도 있고, 네가 변할 수도 있어. 하지만 그건 지금 걱정할 문제가 아냐. 버림받을까 봐 두려우면 아무도 사귈 수가 없어. 중요한 건 지금, 바로, 여기야."

나는 현재를 살기로 결심했다. 언제 돌아올지 모르는 엄마를 기다리며 사는 건 시간 낭비다. 선생님 말대로 사람의 감정은 변한다. 변하니까 사람이다. 하지만 그렇다고 해서 지금의 내 감정까지 거부하진 않겠다.

조미미가 두려운 표정으로 말했다.

"난 네가 생각하는, 그런 상대가 아냐."

"내가 생각하는 상대가 어떤데?"

조미미는 한참 생각하더니 이번에는 자신 없는 목소리로 말했다.

"잘은 모르겠지만 암튼 난 아냐. 난 너한테 과, 관심받을 이유 같은 거 없어."

난독증이 있다고 해서, 말을 좀 더듬는다고 해서, 전교 왕따라고 해서, 부모님이 장애인이라고 해서 관심받을 이유가 없다는 건 말도 안 된다. 그리고 관심받을 이유 같은 거? 그런 게 꼭 있어야 하나?

"그럼 하나만 물어볼게. 나 싫어?"

조미미는 긍정도 부정도 하지 않았다. 그건 긍정에 더 가깝다는 의미라고 생각하기로 했다.

조미미가 기어들어 가는 목소리로 말했다.

"난 널 잘 몰라."

"하나씩 알게 해 줄게."

내가 지난 십팔 년 동안 어떻게 살아왔는지, 내 생각, 내 상처, 내 기억들, 하나하나 꺼내서 보여 줄게. 너에게는 다 보여 주고 싶다, 나란 인간에 대해서.

조미미가 이번에는 단호한 목소리로 말했다.

"난 동정 따, 따윈 싫어."

"동정? 누가 누굴 동정해?"

"너, 나 동정하잖아."

나는 벽 쪽으로 서 있는 조미미에게 다가갔다. 조미미가 뒤로 물러섰다. 어두운 벽이 조미미 얼굴에 짙은 그림자를 만들었다. 조미미는 겁먹은 표정으로 나를 올려다봤다.

나는 조미미 얼굴에 내 얼굴을 갖다 댔다. 조미미 얼굴에 드리워져 있던 어둠이 내 얼굴로 스며드는 것을 느꼈다.

조미미의 이마에 가볍게 입술을 댔다. 조미미는 피하지 않았다.

이마에서 눈으로, 눈에서 코로, 코에서 입술로. 조미미의 입술은 고집스럽게 닫혀 있었다. 하지만 그 입술은 촉촉하고 부드러웠다.

짧은 입맞춤을 끝내고 조미미의 귀에 대고 속삭였다.

"이건 동정이 아냐."

당신들의 웃음소리

 높고 푸른 하늘에 애드벌룬이 떠 있었다. 애드벌룬의 깃발에 써 있는 '〈전국노래자랑〉 관악구 편'이라는 글씨가 지구 반대편에서도 보일 만큼 선명했다.
 아침 아홉 시부터 사람들이 꾸역꾸역 모여들었다. 이 도시에 이렇게 많은 사람들이 살았었나 싶을 정도로 많은 사람들이었다. 빈 의자가 하나도 없이 꽉 차고, 그러고도 모자라 사람들이 공터, 빈 곳, 심지어는 나무 위에까지 올라갔다.
 2차 예심 통과자 열다섯 명은 오전 아홉 시에 나와서 리허설을 했다. 본격적인 라이브 밴드에 맞춰서 노래를 해 보는 거라서 참가자들의 얼굴은 예심 때보다 훨씬 긴장돼 보였다.
 천막 안 대기실에 있는데 송해 아저씨가 들어왔다. 텔레비전에서 보던 것보다 훨씬 더 새까맣고 땅딸막해서 놀랐다. 여기저기서 노래 연습을 하던 참가자들이 송해 아저씨를 보고 환호성을 질렀다. 송해 아저씨는 특유의 너털웃음으로 화답했다.

할머니는 송해 아저씨를 보자 아이돌을 본 여학생처럼 좋아했다. 두 눈에 하트 두 개가 뿅뿅 켜진 것 같았다. 송해 아저씨는 참가자들을 일일이 찾아다니며 긴장하지 말고 잘하라고 격려해 주었다.

송해 아저씨가 우리에게 다가왔다.

할머니는 벌떡 일어나 두 손을 내밀고 허리를 숙였다.

"아이고 선상님. 영광입니다."

선상님? 언제는 송해 오빠라며?

할머니는 삼십 년 동안이나 〈전국노래자랑〉을 시청한 애청자라고, 송해 아저씨의 열렬한 팬이라고 흥분해서 말했다. 송해 아저씨는 기분 좋은 얼굴로 웃었다.

송해 아저씨는 우리가 노래 선곡을 잘했다고, 기대가 크다고 말했다. 무대 위에서 뭐 하고 싶은 말 없느냐고 물었을 때 할머니가 송해 아저씨를 끌고 저쪽으로 갔다. 할머니는 송해 아저씨 귀에 대고 한참 동안 귓속말을 했다. 송해 아저씨가 알았다는 듯이 고개를 끄덕이는 게 보였다.

할머니가 다시 내 옆으로 왔다.

"송해 아저씨한테 무슨 말했어?"

할머니가 시큰둥한 얼굴로 대답했다.

"넌 몰라도 돼."

딩동댕동동.

드디어 〈전국노래자랑〉 시작을 알리는 실로폰 소리가 울렸다. 텔레비전으로만 듣던 실로폰 소리를 이렇게 생생하게 옆에서 듣고 있다는 게 실감 나지 않았다. 벌떡 일어나 "전국노래자랑!" 하고 외쳐야 할 것만 같았다.

녹화는 순조롭게 진행되었다. 송해 아저씨는 어쩌면 생애 처음이자 마지막으로 텔레비전에 나오게 될 출연자들과 능수능란하게 대화를 이어 나갔다. 마치 모든 사람들의 생각과 행동과 심지어는 돌발 행동까지도 이미 계산하고 있는 것 같았다.

무대 옆 천막 대기실에서 보니 사람들이 한눈에 다 보였다. 노래에 맞춰 박수를 치거나 그 자리에서 일어나 덩실덩실 춤을 추는 사람들도 있었다. 송해 아저씨가 지난 삼십 년 동안 써먹었던 낡아 빠진 유머를 할 때도 웃음소리가 싸구려 폭죽처럼 팡팡 터졌다.

"다음 출연자 나오세요."

초대 가수 노래가 끝나자 송해 아저씨가 우리 쪽을 보고 말했다. 나는 할머니 손을 꼭 잡고 무대로 올라갔다.

무대에 올라가서 보니 사람들 얼굴이 다 보였다.

'봉천 시장 반찬 가게 방막순 파이팅'

정육점 아저씨와 분식집 아줌마가 들고 있는 플래카드가 보였다.

사람들 속에서 조미미를 찾았다. 하지만 조미미는 보이지 않고, 공호만 보였다.

앉아 있는 사람들 뒤쪽에 서 있는 공호는 어젯밤 열심히 만든 플래카드를 높이 쳐들었다. 그런데 플래카드에 적힌 문구가 이상했다.
'김공호 엄마, 사랑해!'
나를 응원하는 문구가 아니라 자기 엄마한테 보내는 문구였다. 플래카드 문구 보고 놀라지나 말라더니 녀석, 저러려고 그랬구나. 코끝이 시큰해졌다. 저 멀리 캐나다에 있는 공호 엄마가 꼭 저 플래카드를 봐야 할 텐데…….

송해 아저씨와 할머니가 얘기를 나누는 동안 나는 사람들을 쭉 훑어보았다. 한 사람 한 사람 표정까지 다 보였다. 한참을 사람들을 훑고 지난 뒤에야 조미미를 발견했다. 무대 가까이 옆쪽에 조미미가 서 있었다. 분명히 조미미였다.

조미미와 눈빛이 마주쳤다고 생각했다. 고마워. 오늘 최선을 다해서 해 볼게. 내 말이 사람들 머리 위로 날아가 조미미 귀에 들어가는 게 느껴졌다. 내가 응원할게. 마음껏 무대를 즐겨봐. 파이팅. 조미미의 말이 사람들 머리 위로 날아와 내 귀에 들어왔다.

할머니는 반찬 가게 자랑을 하고 계셨다.
"우리 가게 반찬 종류는 콩자반, 깻잎 장아찌, 멸치볶음, 오징어채볶음, 명란젓, 창난젓, 열무김치, 겉절이……."

오늘 하루가 다 가도록 할머니 입에서는 반찬 이름이 줄줄 나올 것 같았다. 눈치 빠른 송해 아저씨가 나를 보더니 말했다.
"아이고, 손자 인물이 거참 잘 생겼네그랴."
할머니가 재빨리 말했다.
"우리 손자 최곱니다. 공부도 잘하고 할미 위할 줄도 알고 또 성품은 어찌나 착하고 바른지 몰라요."

나는 송해 아저씨에게 말했다.

"꼭 하고 싶은 말이 있습니다."

송해 아저씨가 나한테 마이크를 넘겼다.

"그래, 하실 말씀이 뭔지 한 번 들어 봅시다."

나는 조미미가 있는 쪽을 보며 분명하고도 확신에 찬 목소리로 소리쳤다.

"조미미, 왜 하필 너냐고? 널 좋아하니까. 이게 내 대답이다. 조미미. 좋아한다. 우리 사귀자."

"아이고, 깜짝이야."

송해 아저씨가 너스레를 떨었다.

"조미미가 누구유? 설마 가수 조미미는 아니겠지?"

"제가 좋아하는 사람입니다."

송해 아저씨가 사람들을 훑어보았다.

"뭐 암튼 조미미 양 알아들었수?"

사람들이 두리번거리며 조미미를 찾았다. 조미미가 살짝 고개를 숙였다.

"이분이 댁을 좋아한다. 조미미는 좋겠네. 암튼 예쁜 사랑하시구랴."

사람들이 여기저기서 웃음을 터뜨렸다. 사람들이 웃어도 괜찮다. '땡' 소리를 들어도 나는 좋아. 이게 내가 이 무대에 올라온 이유니까. '땡' 소리가 나도 계속 노래를 부른 탈락자들의 심정을 이제야 알것 같았다.

송해 아저씨가 이번에는 할머니한테 물었다.

"이런 잘생긴 손자 두셔서 아주 든든하시겠어요."

슬며시 고개를 돌려 보니 할머니가 아주 어색하게 웃고 계셨다. 미안해요, 할머니. 하지만 할머니도 사랑하는 거 아시죠?

송해 아저씨가 노래하듯이 음률을 넣어 말했다.

"고맙습니다. 고맙습니다. 참 잘 커 줘서 고맙습니다. 근데 참 〈전국노래자랑〉에 나온 남다른 이유가 있으시다면서요?"

할머니가 갑자기 카메라를 보며 헛기침을 두어 번 하더니 말했다.

"내 아들 김민섭아, 잘 봐라. 네 아들 김형민이 이렇게 잘 컸다. 네가 어디서 뭘 하든지 간에 이 에미는 네 아들 잘 키우고 있겠다. 절대로 밥 굶어서는 안 된다. 밥심만 있으면 어떤 힘든 일도 다 이겨낼 수 있는 거다. 내 며느리 윤자선아, 잘 봐라. 네 아들 형민이 알아보겠냐? 내 아들 찾으러 갔는데 아직 안 오는 걸 보면 아직 내 아들 못 찾았는가 보다. 내 아들 찾을 때까지 네 아들 잘 기르고 있을 테니까 네 아들 찾고 싶거든 내 아들 후딱 찾아오너라. 난 아직 건강하고 살 만하니 시에미 걱정은 말고 내 아들 찾을 걱정이나 하거라. 얘들아, 사랑한다."

눈앞에서 어른거리던 수많은 사람들이 한순간에 움직임을 멈췄다. 바람도 멈추고 그 어떤 소리도 들리지 않았다.

할머니가 왜 그토록 〈전국노래자랑〉에 나오고 싶어했는지 이제야 알 것 같았다. 할머니는 그동안 한 번도 아빠와 엄마 얘기를 한 적이 없었는데 오늘을 위해서 그 말을 아껴뒀나 보다. 엄마가 떠난 그 일요일 이후로 어쩌면 할머니는 오늘이 오기를 기다렸는지도 모르겠다.

악단이 전주를 연주하기 시작했다.

모든 정지된 것들의 마법이 풀렸다. 할머니가 내 옆구리를 툭 쳤다. 그제야 나는 입에 마이크를 바짝 대고 머리보다 입에 더 익숙해진 랩을 하기 시작했다.

옛날 우리 집에는 뒤뜰이 있었어.

나는 배가 고파 병아리를 따라다녔어.

할머니가 랩에 맞춰 관광버스 춤을 추기 시작했다. 사람들이 할머니 춤을 보고 웃음을 터트렸다. 깨알처럼 모인 웃음소리가 애드벌룬이 떠 있는 하늘로 올라갔다. 공호의 웃음소리도 있었고, 조미미의 웃음소리도 있었다. 멀리 캐나다에서 보고 있을 공호 엄마의 웃음소리도 있었고, 어디에 있는지 모를 우리 아빠, 엄마를 위한 웃음소리도 있었다.

나는 더 신이 나서 속사포처럼 랩을 쏘아 댔다.

할머니 저 병아리는 언제 잡아먹어?

할머니는 대답하셨지.

이 녀석아 저건 씨암탉으로 키울 거란다.

 작가의 말

어렸을 때 자주 꾸던 꿈이 있었다. 내가 피아니스트가 되는 꿈이었다. 현실의 나는 전혀 피아노를 칠 줄 모르는데, 꿈속의 나는 수많은 청중 앞에서 멋진 드레스를 입고 피아노 앞에 앉아 있다. 현실 속의 나는 꿈속의 내가 걱정이다. '넌 피아노를 못 치잖아.' 그런데도 꿈속의 나는 그 소리를 못 들은 척하고(아니 못 들었을 수도) 뻔뻔스럽게 연주를 할 준비를 한다. 현실 속의 나는 점점 조바심이 나지만 꿈속의 나는 태연하다. 마침 꿈속의 내가 양손을 번쩍 치켜들고 연주를 시작하는 순간, 놀랍게도 내 손끝에서 아름다운 연주가 흘러나온다. 세계적인 피아니스트처럼 현란한 기교와 풍부한 감성과 아름다운 예술혼이 살아 있는 그런 연주가. 연주는 늘 중간에서 끝났고, 꿈에서 깨고 나면 물거품이 사라지듯 허무했다.

꿈과 현실 사이에는 엄청난 간극이 있었다. 멋진 피아니스트인 나와 피아노를 전혀 칠 줄 모르는 나. 그 두 세계의 간극은 결코 좁혀지지 않았다. 나는 낮과 밤 사이를, 현실과 꿈 사이를 외줄 타듯 아슬아슬하게 왕래했다. 행복했다가 불행했다가, 불행했다가 행복했다가, 어느 게 내 진짜 삶인지 혼란스러웠다.

커 가면서 그 간극은 도무지 좁힐 수 없다는 걸 알았다. 그래서 내 청소년기는 늘 우울했고 비극적이었다. 꿈의 세계에 속하지도, 그렇다고 현실의 세계에 속하지도 못했으므로 나는 철저히 이방인으로 살았다.

그런데 언제부터인가 글을 통해서 다른 삶이 있다는 것을 알았다. 가짜 나와 진짜 나를 만나게 해 주는 것, 꿈과 현실에 다리를 놓아 나를 건너갈 수 있게 해 주는 것, 그렇게 해 줄 수 있는 것은 글밖에 없었다. 지금은 글이 나의 전부다.

오래 글을 썼는데도 여전히 글쓰기가 두렵다. 두렵지만 피할 생각은 없다. 이제는 힘들어도 결코 포기할 수 없다는 걸 아니까. 다만 바라는 건, 멈춰 있지 말고 언제까지나 계속 성장하는 것. 독자의 마음에 울림을 주는 진정성 있는 글을 쓰는 것.

이 책은 나의 첫 번째 청소년소설이다. 이 책이 나처럼 어둡고 우울한 청소년기를 보내는 친구들에게 따뜻한 위로가 됐으면 좋겠다. 너만 그런 거 아니라고, 나도 이렇게 힘들었다고, 그렇게 말해 주고 싶다.

졸고에 선뜻 손 내밀어 주신 김경연 선생님, 한혜원 선생님, 글을 쓰는 동안 수없이 움츠러든 나에게 용기 내라고 말해 준 당신들, 그리고 무엇보다 이 글을 쓸 수 있도록 영감을 준 아버지, 고맙습니다. 사랑합니다.

2013년 2월

김선희

추천의 말

한마디로 소울 疏鬱

김경연 (아동·청소년문학 평론가)

　상처 없는 영혼이 어디 있을까. 아픔 없는 영혼이 어디 있을까. 그런 상처와 아픔을 보여 주고, 그려 주며, 그 근원과 까닭을 묻고 독자와 함께 해답을 모색해 가는 것은 문학의 오랜 역할 가운데 하나다. 때로는 일부에서 보이듯 작가가 앞질러 해답을 제시함으로써 교훈성이 날것으로 드러나기도 하지만, 여러 문학 장르 가운데서도 이른바 질풍노도의 시기를 겪는 청소년들의 이야기를 주로 다루는 청소년소설은 특히 이 역할에 충실하고자 한다.

　자생하는 상처와 아픔은 없다. 그것들은 늘 관계 속에서 생성된다. 사람이 태어나 가장 먼저 관계를 체험하는 장은 가족이다. 따라서 청소년소설의 큰 줄기는 가족 이야기가 된다. 『열여덟 소울』도 예외는 아니다. 여기에는 세 형태의 가정에서 성장한 아이들이 등장한다. 우선 화자인 나 김형민은 친할머니와 단둘이 산다. 남편을 찾겠다며 다섯 살 아들을 할머니에게 맡기고 떠나 버린 엄마도 소식을 끊어, 어렸을 때는 고아라고 불리는 설움을 겪었다. 형민이의 절친 공호는 아버지와 단둘이 산다.

한때 캐나다로 조기 유학을 떠날 정도로 잘살았으나, 어머니는 그곳에서 자신의 인생을 찾겠다고 돌아오지 않았고, 아버지는 사업에 실패하여 빚쟁이를 피해 떠돌이 생활을 한다. 마지막으로 반에서 유령 같은 존재인 조미미의 부모는 둘 다 청각 장애인이다. 조손 가정, 한부모 가정, 장애인 가정의 아이들이 이 작품의 주요 인물인 것이다. 설정을 보면 이내 을씨년스럽고 스산한 풍경이 떠오를 수도 있지만, 작가는 그런 선입견에 휘둘리지 않는다. 오히려 화자인 형민의 통해 이렇게 항변한다.

"내 인생이 어둠이고 터널인지 당신이 알기나 해? 부모가 없고 할머니 밑에서 자란다고 불우하다고 생각하다니……. 일반화의 오류를 저지르고 있는 꼴이지. 내 인생은 절대 어둡지도 않고 불우하지도 않아."

공호는 열세 살의 나이에 엄마와 웃으며 헤어졌고, 술과 빚쟁이 때문에 가정을 돌보지 않는, 또는 돌보기 어려운 아버지를 원망하지도 않는다. 조미미 역시 부모의 장애를 있는 그대로 받아들일 뿐 비관하거나 탓하지 않는다. 또한 형민이와 할머니는 어떤가. 정말 '쿨'하고 매력적인 인물들이다.

이러한 인물 설정을 통해 형민의 항변은 살을 얻고 피가 통하며 생생하게 살아난다.

이 작품의 서사에서 또 하나의 큰 줄기는 우정과 사랑 이야기다. 특히 사랑 이야기에서는 작가의 감각적인 문장들이 가슴을 파고든다.

"마음속에서 뭔가 뜨거운 것이 치밀어 오른다. 그것의 정체를 모르겠다. 마음을 한없이 요동치게 만들고, 뜬금없이 식은땀이 나게 하고, 불쑥불쑥 화가 나게 하고, 절망 속으로 빠트리기도 하고, 공중에 떠 있는 것처럼 현실 감각 없게 만들기도 했다가 웃게도 만들고 울게도 만드는 그 무엇. 그게 뭘까?"

이 질문에서 시작해서 "모르겠다. 이제부터 일어나는 일은 내 능력 밖이다." "나는 너를 알게 된 이전으로 돌아갈 수가 없다."면서 조미미에 대한 자신의 감정을 인정하기까지 독자는 이미 답을 짐작할 수 있음에도 가슴 조리며 형민의 마음을 따라가게 된다. 이야기를 끌어가는 힘이 단단하지 않으면 가능한 일이 아니다.

형민은 할머니가 넣어 주는 생밤을 꼭꼭 씹으며, 공호는 스마일 마스크로 웃어넘기며, 조미미는 노래를 부르면서 각각 자신들의 상처와 아픔과 대결한다. 그러나 이런 대결은 어디까지나 개인적인 차원에 그친다. 작가는 그들에게 〈전국노래자랑〉이라는 생애 처음이자 마지막이 될 수 있는 이벤트로 등장인물 모두의 아픔과 상처, 슬픔을 공개적으로 위무하는 기회를 마련해 준다. 그리고 그들이 혼신을 다해 펼쳐 보인 전 생애의 기다림, 꾹꾹 눌러 왔던 말들은 독자의 콧날을 시큰하게 한다. 한마디로 '소울'이 전해지는 것이다.

전국노래자랑이라는 떠들썩한 이벤트와 형민과 공호, 조미미의 상처와 아픔이라는 씨줄과 날줄이 때로는 심각하게, 때로는 유쾌하게, 때로는 섬세하게 교차하며 감동의 피륙으로 펼쳐진 이 작품은 경륜과 역량 있는 동화작가의 첫 청소년소설이기도 하다.

열여덟 소울

펴낸날 초판 1쇄 2013년 2월 28일
      초판 7쇄 2017년 4월 26일

지은이 김선희
펴낸이 심만수
펴낸곳 (주)살림출판사
출판등록 1989년 11월 1일 제9-210호

주소   경기도 파주시 광인사길 30
전화   031-955-1350   팩스 031-624-1356
홈페이지 http://www.sallimbooks.com
이메일   book@sallimbooks.com

ISBN   978-89-522-2291-6   43810
살림Friends는 (주)살림출판사의 청소년 브랜드입니다.

※ 값은 뒤표지에 있습니다.
※ 잘못 만들어진 책은 구입하신 서점에서 바꾸어 드립니다.